Deseo

10631949

En sus términos

TRISH WYLIE

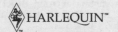

HARLEQUIN

Editado por HARLEQUIN IBÉRICA, S.A.
Núñez de Balboa, 56
28001 Madrid

© 2008 Trish Wylie. Todos los derechos reservados.
EN SUS TÉRMINOS, N.º 1718 - 28.4.10
Título original: His Mistress, His Terms
Publicada originalmente por Mills & Boon®, Ltd., Londres

I.S.B.N.: 978-84-671-7975-0
Depósito legal: B-5404-2010
Editor responsable: Luis Pugni
Preimpresión y fotomecánica: M.T. Color & Diseño, S.L.
C/ Colquide, 6 portal 2 - 3º H. 28230 Las Rozas (Madrid)
Impresión y encuadernación: LITOGRAFÍA ROSÉS, S.A.
C/ Energía, 11. 08850 Gavá (Barcelona)
Fecha impresion para Argentina: 25.10.10
Distribuidor exclusivo para España: LOGISTA
Distribuidor para México: CODIPLYRSA
Distribuidores para Argentina: interior, BERTRAN, S.A.C. Vélez
Sársfield, 1950. Cap. Fed./ Buenos Aires y Gran Buenos Aires,
VACCARO SÁNCHEZ y Cía, S.A.
Distribuidor para Chile: DISTRIBUIDORA ALFA, S.A.

Capítulo Uno

—¿Merrow O'Connell?

Alex suspiró y se preguntó qué clase de nombre era ése. Tenía formas mejores de ocupar el tiempo que andar de acá para allá por todo Dublín en busca de una mujer de nombre ridículo. Además, las exigencias de cierto cliente estaban a punto de acabar con su paciencia; pero por otra parte, ese cliente era precisamente el responsable de que tuviera que encontrar a aquella mujer.

Habría dado cualquier cosa por llevar una vida más sencilla; una vida como la que había tenido hasta poco antes, aunque le parecía que había pasado un siglo.

—Aquí arriba...

Alex reconoció la voz de la persona con quien había hablado por teléfono. Alzó la cabeza y la descubrió en lo alto de un andamio, aplicando pintura dorada a un arabesco del techo. En cierto sentido, Merrow O'Connell era su presa; iba a conseguir que colaborara en aquel proyecto aunque tuviera que vender su alma al diablo.

—Hablamos por teléfono hace un rato –dijo él.

—Debe de haber sido muy difícil para usted. Todo el mundo dice que mi voz suena especialmente sexy por teléfono.

Alex pensó que tenía razón. Le había parecido una voz sexy hasta que ella interrumpió la conversación y colgó para su sorpresa; la gente de aquella ciudad no colgaba a un Fitzgerald si sentían algún deseo de alcanzar el éxito. Él se quedó mirando el auricular durante varios minutos y decidió tomar el toro por los cuernos.

—Dijo que estaba muy ocupada y que no podía venir a mi despacho, de modo que decidí pasar a verla y...

—Como puede comprobar, señor Fitzgerald, sigo ocupada —lo interrumpió—. Si no se trata de un asunto de vida o muerte, estoy segura de que podrá esperar hasta mañana.

—En circunstancias normales, le daría la razón, pero mi cliente ha insistido. Si no consigo pronto un diseñador de interiores, todo el proyecto se vendrá abajo.

Alex dijo la verdad, pero omitiendo un detalle: si no conseguía pronto un diseñador de interiores, tendría que asesinar a su cliente. Y aunque técnicamente no fuera un asesinato sino defensa propia, él simple hecho de que ya lo estuviera pensando, lo convertiría en asesinato con premeditación.

—Un día más no cambiará las cosas —declaró ella—. Mañana habré terminado con este trabajo.

Alex la miró mientras ella daba las últimas pinceladas a una de las hojas del arabesco.

—Ya que estoy aquí, ¿hay alguna posibilidad de que baje y me conceda cinco minutos antes de que empiece a pintar otra hoja?

—La hay. Si lo pide con amabilidad.

Él tomó aire y se obligó a decir:

–Por favor...

–¿Sólo por favor? ¿No me lo va a rogar?

Alex suspiró y ella soltó una carcajada en lo alto del andamio. Si su cliente no hubiera estado tan empeñado en contratar a esa mujer, Alex le habría dicho dónde se podía meter su petición de amabilidad.

–Está bien, ya bajo...

Él dio un paso atrás y echó un vistazo a su alrededor mientras ella descendía por el andamiaje. La decoración del local era muy bonita, aunque le pareció que resultaba demasiado ostentosa para un restaurante. Cuando miró el mosaico del suelo, pensó que Merrow O'Connell debía de estar acostumbrada a los clientes difíciles; era obvio que le habría llevado muchas horas de trabajo.

Alex volvió a alzar la cabeza al ver que unas botas y unos pantalones de mono, ambos polvorientos, aparecían en su campo de visión. Segundos después, la miró a los ojos y se quedó boquiabierto; algo verdaderamente extraordinario, porque Alex Fitzgerald nunca se quedaba boquiabierto.

–¿Tú? –preguntó ella, clavándole sus ojos verdes.

–¿Tú eres Merrow O'Connell?

–¿Y tú, Alexander Fitzgerald? –replicó, con una gran sonrisa–. Vaya, vaya, vaya... qué interesante.

Alex apretó los puños dentro de los bolsillos y recompensó su sonrisa con un ceño fruncido, aunque sintió deseos de sonreír a su vez. Al fin y al cabo, en su encuentro anterior lo había dejado en fuera de juego con una sonrisa.

–No es posible. Tú no puedes ser Merrow O'-Connell...

Él lo dijo por decirlo. Sólo se habían visto en una ocasión, y al final, Alex decidió llamarla Red; pero ella no le había dicho su nombre real.

Merrow se cruzó de brazos e inclinó la cabeza. Un mechón de cabello ondulado y rubio le acariciaba el cuello.

−¿Y por qué no puedo serlo?

−Porque no pienso trabajar seis meses contigo después de...

−¿De una noche de sexo maravilloso y sin complicaciones?

Los ojos de Merrow brillaron de tal forma que él sonrió a su pesar y se maldijo para sus adentros. No era posible que tuviera tan mala suerte.

Intentó recordar que era un hombre adulto y que sabía afrontar cualquier situación, por complicada que fuera. Sin embargo, no iba a ser tan fácil; en cuanto la reconoció, su mente empezó a bombardearlo con imágenes de aquella noche y su cuerpo reaccionó como si estuviera más que dispuesto a repetir la experiencia. De hecho, hasta consideró la posibilidad de utilizar accesorios distintos; sus juegos con el pañuelo de seda habían sido verdaderamente interesantes, pero podían probar con algo de terciopelo o incluso con plumas.

Aquello no iba a funcionar. Alex se conocía bien y sabía que no se podría concentrar en el trabajo si ella lo distraía con sus virtudes físicas.

−Además −continuó ella−, todavía no he dicho que vaya a aceptar tu oferta. ¿Siempre eres tan presuntuoso? ¿Pensabas que tu apellido sería suficiente para convencerme? Supongo que debería arrodillarme ante ti...

Alex pensó que Merrow sólo decía estupideces, pero su imaginación se empeñaba en desnudarla y en sacarlo de quicio a él.

Cerró los ojos durante un momento, respiró a fondo y la miró con ojos entrecerrados.

–¿Me estás tomando el pelo?

–¿Quién? ¿Yo? –preguntó ella, con una sonrisa–. Oh, no me atrevería...

Alex aún se estaba preguntando si seguía de broma cuando ella descruzó los brazos y se alejó de él.

–Ya te dije por teléfono que tengo que estudiar el proyecto antes de poder darte una contestación –añadió.

–No, no es verdad. Dijiste que estarías libre durante una temporada, y sé que no serás capaz de rechazarlo cuando sepas en qué consiste.

–¿Por qué estás tan seguro?

–Porque ningún diseñador que disfrute con su trabajo rechazaría un proyecto de esas dimensiones –respondió.

Merrow pensó que había elegido muy bien las palabras. Y cuando giró la cabeza para mirarlo, sus ojos volvieron a brillar con malicia.

–¿Nadie te ha dicho que las dimensiones no son importantes?

Alex apretó los labios, miró el techo y tomó aire para mantener la calma y lograr que su cerebro tuviera oxígeno suficiente. Un hombre con treinta años no podía tener problemas de tensión alta.

–¿Por qué no lo estudias antes de tomar una decisión? Mi cliente tiene tu trabajo en mucha estima –dijo él, frunciendo el ceño–. Además, la reforma del Pavenham sería una ocasión excelente para lanzarte a la fama y...

Merrow se giró de repente, se echó el cabello hacia atrás y lo miró a los ojos.

—¿El hotel Pavenham? ¿El que Apocalypse acaba de comprar?

Alex sonrió. Había conseguido impresionarla.

—El mismo —respondió—. Y tienen mucho dinero... te pagarían muy bien.

Ella alcanzó una petaca y la alzó en gesto de invitación.

—¿Te apetece una tila? —preguntó.

Alex sacudió la cabeza.

—Qué horror, no.

Merrow volvió a dedicarle aquella sonrisa. Vestida con un peto lleno de polvo, le daba aspecto de niña traviesa; pero su efecto había sido muy distinto en su encuentro anterior: entonces se había puesto unos pantalones blancos, extraordinariamente cortos, y una camisa negra de un sólo botón bajo la que no parecía llevar sostén.

A decir verdad, aquella sonrisa fue lo primero que la atrajo de ella cuando la vio por primera vez. Era una noche de septiembre, extrañamente bochornosa para Galway, y el cuerpo de Alex reaccionó de inmediato. De un modo tan literal que, al recordarlo, se excitó de nuevo.

—Deberías echar un trago —afirmó ella con voz seductora—. Te ayudaría con tu tensión.

Él volvió a fruncir el ceño. Sacó las manos de los bolsillos y cruzó los brazos sobre el pecho.

—¿Qué tensión?

—La que te provoca Mickey D.

Alex inclinó un poco la cabeza.

—¿Crees que no soy capaz de manejar a un rockero viejo como Mickey D.?

—Si fueras capaz, no me habrías estado buscando por todo Dublín. Es evidente que te está apretando las tuercas. Tiene fama de ser muy divo... —contestó, inclinando la cabeza en un ángulo similar—. ¿Sabías que mis padres me concibieron mientras sonaba una de sus canciones?

—No estoy seguro de que yo necesitara saberlo. Pero si se lo dices a él, me consta que se sentiría más que halagado.

—En serio, deberías tomar un poco de tila. Es muy sana, y completamente natural.

—No, gracias. Estoy bien.

Merrow se encogió de hombros, desenroscó el tapón de la petaca y echó un trago. Alex aprovechó la ocasión para observar su ropa. Su mono sucio y demasiado grande, combinado con un jersey verde y morado, no le habría llamado la atención en circunstancias normales; pero conociendo las curvas que ocultaba, le pareció hasta bonito.

Al notar su vago aroma a espliego, recordó su piel sorprendentemente suave, sus pechos que casi le cabían en las manos y sus piernas largas, las piernas que se habían enroscado alrededor de su cintura cuando hicieron el amor. Ni siquiera llevaba braguitas entonces; sólo medias y ligas. Merrow era el sueño erótico de cualquier hombre.

—¿Y qué ha pasado con tu diseñador de interiores?

—¿Cuál de todos? —preguntó él, arqueando una ceja.

—¿Cuántos has tenido? —replicó.

–Cuatro. Mickey D. es bastante particular.

–De modo que yo soy su último recurso...

–No, en realidad eres la primera que está decidido a tener.

Ella rió con suavidad y pasó a su lado.

–Hum. Dudo mucho que sea la primera... –ironizó.

Alex supo que sólo estaba bromeando, pero la posibilidad de que Mickey D. pudiera desear a Merrow por algo más que por sus habilidades profesionales, le molestó.

–Si quisiera tenerte en ese sentido, tendría que arreglárselas por su cuenta. Soy su arquitecto, no su proxeneta particular.

Merrow arqueó las cejas.

–Lo digo muy en serio, Alex. Echa un trago de tila. Aún queda un poco...

Alex la maldijo para sus adentros y volvió a meterse las manos en los bolsillos. Merrow le ponía tan nervioso que no podía estarse quieto. Y eso era verdaderamente excepcional en él.

–¿Por qué no echas un vistazo al hotel y te lo piensas? –preguntó–. Por favor...

–Me agrada que lo pidas con tanta amabilidad, pero francamente, si hubieras esperado veinticuatro horas, habría pasado a verlo de todas formas. Ya había tomado la decisión.

–Podrías habérmelo dicho por teléfono...

–Pensé que te lo había dicho –afirmó, encogiéndose de hombros–, pero supongo que se me pasaría porque en ese momento estaba trabajando. Y de todas formas, te pedí que me llamaras mañana.

Alex la miró durante un buen rato, hasta que el

silencio incomodó a Merrow y la empujó a preguntar:

—¿Qué pasa?

Él negó con la cabeza.

Merrow sintió que otra carcajada se formaba en el fondo de su garganta. Aquello era surrealista. Parecía increíble que el hombre que le había regalado la mejor experiencia sexual de su vida fuera Alex Fitzgerald.

Pero de haberlo sabido en su momento, se habría acostado con él de todas formas. Alex había encendido su pasión con una simple mirada, y la había llevado a un estado de placer tan continuado e intenso que muy pocas mujeres llegaban a alcanzarlo. Además, ella era de ascendencia irlandesa y las irlandesas aún tenían mucho camino por recorrer en cuanto a la vivencia del deseo; su tradición condenaba el placer por el placer, de modo que Merrow pensaba que aquella noche fantástica había sido su contribución a la causa del feminismo. Su madre habría estado orgullosa de ella.

Echó otro trago de tila y esperó a que él hablara. No le importaba de qué; si hubiera empezado a recitar los resultados de la liga de fútbol, Merrow habría escuchado con atención. Tenía una voz profunda, preciosa, que le hizo estremecerse cuando habló con él por teléfono; pero en ese momento no cayó en la cuenta de que Alex y el amante de aquella noche eran la misma persona. Al fin y al cabo, habían pasado varios meses desde entonces.

Su misterioso hombre de Galway estaba relajado, vestía con ropa informal, era extraordinariamente divertido y resultaba más sexy que el pecado.

En cambio, Alexander Fitzgerald, del estudio de arquitectos Fitzgerald e Hijo, llevaba un traje de ejecutivo y había sonado brusco e impaciente durante la conversación telefónica. Entre ellos no había más punto en común que el atractivo físico, pero eso bastaba para que Merrow estuviera decidida a relajarlo un poco más.

Él entrecerró sus ojos de color avellana y apretó los labios de tal forma que el hoyuelo de su barbilla se marcó más. Después, alzó la cabeza y preguntó:

—¿Trabajar contigo es tan difícil como hablar contigo?

—No sabía que yo fuera difícil —comentó con inocencia.

—¿Te viene bien que quedemos mañana, a las nueve?

—No lo sé, tendré que comprobar mis compromisos...

Merrow volvió a sonreír cuando Alex volvió a apretar los labios. Caía en sus provocaciones con tanta facilidad que no se podía resistir a la tentación. Y por otra parte, el proyecto del Hotel Pavenham era tan interesante que la boca se le había hecho agua al saberlo.

—Sí, a esa hora me viene bien —añadió.

—Perfecto —dijo él, relajándose un poco—. Supongo que sabes dónde está...

—Es el viejo mausoleo de Aston Quay, ¿verdad?

—El mismo.

—Pues sí, sé dónde está.

Merrow tomó un poco más de tila y esperó; por el movimiento de Alex, que cambió el peso de su cuerpo de un pie a otro, era evidente que había algo más.

Estaba tan tenso que pensó que la tila le vendría bien. O un valium. O el único método natural que se le ocurría para aliviarlo.

De repente, tuvo calor.

—¿Eso es todo? —preguntó.

—No —dijo él—. ¿El hecho de que durmiéramos juntos va a suponer un problema en el trabajo?

Ella no pudo resistirse a tomarle el pelo.

—No recuerdo que durmiéramos mucho...

Alex intentó adoptar un tono profesional.

—Este proyecto es tan valioso que...

—Que han invertido millones, sí, ya lo mencionaste por teléfono —lo interrumpió, mirándolo a los ojos.

—No me refería a eso. Iba a decir que es muy importante para mí.

—¿Por qué? ¿Qué tiene de especial en comparación con el resto de los proyectos de tu empresa?

Él frunció el ceño y apartó la mirada.

—Eso no importa.

—Yo diría que sí...

—No quiero que el trabajo se mezcle con...

—¿Prefieres que no aparezca mañana a las nueve? Veo que no confías mucho en mi capacidad profesional.

Alex bajó la voz y adoptó un tono de resignación.

—Mira, Mickey D. y sus amigos de Apocalypse me están volviendo loco desde hace seis meses. Trabajar con ellos es muy difícil, y no quiero que la situación se complique con otra persona difícil a quien tendré que ver casi todos los días.

—No me conoces. Estás sacando conclusiones apresuradas, Alexander.

–Es Alex, como bien sabes –puntualizó–. Y el problema es justo el contrario, Merrow... que sé más de ti de lo que nunca he sabido sobre una mujer con quien voy a trabajar. No puedo permitir que el negocio y el placer se mezclen.

Merrow intentó mantener la calma.

–Comprendo. Necesitas a alguien que trabaje contigo, no contra ti –afirmó.

–Exacto.

–Alguien que pueda diseñar los interiores del hotel sin apartarse del marco arquitectónico.

–En efecto.

Cuando Merrow lo miró a los ojos, vio que Alex alzaba rápidamente la cabeza como si hubiera estado admirando su cuerpo. Por lo visto, no era más inmune que ella a la atracción física.

Se humedeció los labios con la lengua y se mordió el labio inferior, lo cual provocó que él frunciera el ceño. A continuación, inclinó la cabeza hacia un lado, contempló las motas doradas de sus ojos marrones y volvió a hablar.

–Buscas un diseñador a quien puedas guiar desde un punto de vista artístico. Una persona maleable...

Merrow enfatizó la palabra maleable de tal modo que los ojos de Alex brillaron peligrosamente; pero antes de que pudiera decir nada, se acercó a él y procedió a cerrarle un poco la corbata, apretándosela al cuello.

–Estaré a las nueve, Alex, y me reuniré con tu cliente porque me ha ofrecido un trabajo que me interesa. Sin embargo, no voy a permitir que nadie me manipule... ni siquiera un hombre tan hábil con las manos como tú.

Alex estuvo a punto de gemir.

–Y ahora, si no te importa, debo dejarte. Tengo que volver con mis hojas doradas –continuó, sonriendo–. Es un trabajo que exige gran concentración y mucho tacto.

–Merrow...

Ella hizo caso omiso y empezó a subir por el andamio.

–Adiós, Alex. Te veré mañana por la mañana.

Ya estaba a mitad de camino del techo cuando oyó la voz de Alex, que se dirigía a la salida:

–Eso es más de lo que conseguiste la última vez.

Cuando Merrow llegó a lo alto, decidió dejar el trabajo para más tarde, sacó el teléfono móvil y llamó a su amiga Lisa.

–Hola, soy yo. ¿Te acuerdas del Festival de las Ostras de Galway?

–Claro. Fue cuando conociste a aquella maravilla de hombre...

–Sí. ¿Y recuerdas lo que nos prometimos? ¿Que lo sucedido en Galway se quedaría en Galway?

–Por supuesto...

–Pues me temo que ha surgido un problema.

Capítulo Dos

Sus amigas le recomendaron que se pusiera su vestido verde de estilo años veinte, lo cual hizo; y mientras pasaba las manos sobre la tela, se alegró de haberse dejado convencer: la ropa hacía al hombre y aumentaba la confianza de la mujer; era una ley de la naturaleza. También dijeron que se dejara el pelo suelto, con el argumento de que a los hombres les gustaban las melenas. Y Merrow siguió el consejo porque resultaba más cómodo que hacerse un peinado, aunque al final se ató un pañuelo a juego con el vestido.

Sin embargo, la propuesta de que llevara zapatos de tacón alto, no resultó tan bien. Cuando estaba a punto de llegar al hotel, decidió entrar en un bar que le gustaba especialmente, de la calle O'Connell, y pedir un café para llevar; lamentablemente se encontraba al otro lado del río, de modo que no tuvo más remedio que cruzar el puente; además, había tanta gente en la cola que perdió demasiado tiempo y tuvo que volver a la carrera. Todo un problema con sus tacones altos, pero Merrow necesitaba el café: la noche anterior había tomado demasiados cócteles con su grupo de amigas.

Alex la estaba esperando en la entrada del hotel, hablando por teléfono con alguien. Al verlo, el pulso de Merrow se aceleró. No llevaba un traje de ejecutivo como el día anterior, sino unos vaqueros y una camisa blanca arremangada que le recordaron enormemente al desconocido de Galway.

Estaba muy guapo, y su atractivo aumentó cuando el sol se asomó entre las nubes e iluminó su cabello rubio.

Merrow pensó que si ella hubiera nacido hombre y hubiera sido como él, habría exudado la misma seguridad. Además de su aspecto físico, Alex procedía de una de las familias más ricas, más antiguas y más famosas del condado. Hasta cierto punto era lógico que equilibrara tantas virtudes con cierta tendencia a comportarse como un cretino.

En ese momento, Alex se ajustó la cinta de la cámara que llevaba al hombro y soltó una carcajada como si su interlocutor telefónico hubiera dicho algo gracioso. Fue un sonido tan profundo y masculino que Merrow lo oyó entre el ruido de los coches y sonrió sin poder evitarlo; de hecho, la dejó tan trastornada que chocó con un transeúnte y estuvo a punto de derramar el café.

Alex cortó la comunicación, se guardó el móvil en el bolsillo, caminó hacia ella y la miró de la cabeza a los pies.

—¡Buenos días! —dijo Merrow, sonriente—. ¿Llevas mucho tiempo esperando?

Alex comprobó la hora.

—No, eres muy puntual. Me gustaría poder decir lo mismo de Mickey D.

—Las estrellas del rock no llegan nunca a tiempo. Sería demasiado convencional.

—Hum...

Alex la miró como si pensara que ella también sabía mucho de comportamientos poco convencionales.

—Bueno, ¿entramos y hablamos del proyecto del hotel o nos quedamos aquí y hablamos sobre el clima? —preguntó ella.

—Primero deberíamos hablar sobre lo de ayer.

—Sería mejor que empezáramos con algo que no nos enfrente o nos condene a una posición horizontal —ironizó.

Alex frunció el ceño.

—De eso es exactamente de lo que tenemos que hablar. No debes decir esas cosas cuando estemos delante de un cliente o de los trabajadores.

Merrow sopló el café para que se enfriara.

—Si me tratas como si fuera una niña de doce años, tendrás que afrontar las consecuencias —afirmó ella—. Sé comportarme delante de los clientes; y en cuanto a los trabajadores, disfrutan con las bromas... si no se bromea de vez en cuando, los días se pueden volver interminables.

—Sí, pero...

—Creía recordar que tenías más sentido del humor, Alex. ¿Es que lo alquilaste en algún sitio para pasar ese fin de semana en Galway?

—Veo que estás decidida a molestarme.

—No, pero parece que tengo facilidad para ello. Si no te tomaras tan en serio a ti mismo...

—Me tomo muy en serio mi trabajo.

—Tomarse en serio el trabajo y ser rígido son cosas diferentes. Créeme, una pizca de encanto puede hacer milagros.

—¿Crees que no puedo ser encantador? —preguntó, mirándola con intensidad–. Sabes de sobra que sí, Merrow.

Ella lo miró, vio su media sonrisa y sintió el mismo estremecimiento que había sentido en Galway. Alex le gustaba tanto que consideró la posibilidad de hacerle el amor allí mismo, en la escalinata, a plena luz del día; pero habría sido ilegal.

Alex clavó la mirada en sus zapatos de tacón alto y la fue subiendo poco a poco, observándola con detenimiento, hasta llegar a sus ojos. Entonces, dio un pasó adelante y se acercó.

–Puedo ser encantador –continuó–. Incluso mucho más que encantador si me sirve para obtener los resultados que quiero.

Merrow pensó que aquello iba a resultar más difícil de lo que había imaginado. Trabajar con Alex cuando se portaba como un cretino, era pan comido; pero si se ponía encantador, tendría graves problemas.

Merrow alzó la barbilla, orgullosa.

–Nunca mezclo los negocios con el placer, señor Fitzgerald. Yo también me tomo en serio mi trabajo.

Acto seguido, alzó el vaso, tomó un poco de café y sonrió.

Alex la sorprendió con una carcajada.

–*Touché*, señorita O'Connell. Parece que contigo no me voy a aburrir.

Ella se giró un poco, miró a la gente que pasaba a su alrededor y dijo, en tono de broma:

–¿Todas tus personalidades múltiples están aquí? Porque si llego a saberlo, habría extendido el saludo matinal a las demás...

Alex la tomó del brazo y la llevó hacia las enormes puertas de roble.

–Venga, vamos dentro. Ah, y si consigues quitarme de encima a Mickey D., te prometo que seré encantador mucho más a menudo.

–¿Eso es una amenaza?

Él rió.

–Es una promesa. Sincera.

Al entrar en el edificio, Alex le soltó el brazo y la miró de soslayo para comprobar su reacción. Merrow era importante para él; pero no sólo desde un punto de vista profesional, sino también personal: cuando la vio acercarse con aquel vestido verde, estilo años veinte, y el pañuelo de seda ondeando en el viento, su cara se iluminó con una sonrisa. Era una mujer impresionante, sumamente atractiva, y no podía negar que la deseaba. Incluso había soñado con ella durante la noche.

Pero el comentario sobre Mickey D. iba en serio. Si lograba alterarlo y desequilibrarlo tanto como a él, le estaría muy agradecido.

Merrow contempló el interior del hotel y soltó una expresión de asombro.

–Guau...

Él sonrió.

–Me alegra que te guste. Acabo de hablar por teléfono con el contratista y me ha dicho que las obras van más deprisa de lo que habíamos calculado, de modo que el diseñador podría empezar a trabajar cuando quisiera.

–Es enorme...

Al oír la palabra «enorme», Alex pensó en algo bien distinto y tuvo que carraspear.

–Sí. Cincuenta habitaciones, cuatro suites y un ático. Además de un restaurante, un bar, un gimnasio, salas de conferencias y de reuniones... suficiente para que estés ocupada durante una buena temporada.

Ella se volvió y clavó sus ojos verdes en él. Alex notó que, por primera vez en el día, su seguridad empezaba a agrietarse.

–¿Cuándo tiene que estar? –preguntó.

–Ayer –contestó una voz desconocida para ella.

Alex suspiró, cerró los ojos, la miró y dijo:

–Merrow O'Connell, te presento a Mickey D., el nuevo propietario del Hotel Pavenham.

Merrow estrechó la mano del famoso músico de rock, que llevaba cazadora de cuero y gafas de sol.

–Encantado de conocerte...

Mickey se bajó un poco las gafas y la miró de arriba abajo, con admiración.

–Vaya, eres lo más bello que he visto en este sitio desde que empezamos. Dime una cosa, Merrow O'-Connell... ¿sales con alguien?

–No, no salgo con nadie. Así tengo más tiempo para trabajar.

Mickey sonrió, mostrando su diente de oro.

–Deberías trabajar menos y disfrutar más.

–Ah, no te preocupes por eso, Mickey –dijo ella, con ojos brillantes–. Yo no he dicho que no dedique tiempo al disfrute...

Merrow se giró hacia Alex, que miraba a su cliente con cara de pocos amigos y añadió:

–¿Verdad, Alex?

Él no dijo nada. Se limitó a maldecirla para sus adentros.

–Ah, por cierto, ¿te ha dicho Alex que mis padres me concibieron mientras oían uno de tus discos? Mi madre es una de tus fans...

Mickey le soltó la mano y su sonrisa cambió ligeramente. Merrow acababa de llamarlo viejo de forma sutil.

—En tal caso, deberías traer a tu madre cuando terminemos la renovación del hotel.

—Sí, estoy segura de que le encantaría —afirmó, echándose el cabello hacia atrás—. ¿Vas a enseñarme el hotel tú mismo?

Para sorpresa de Alex, Mickey D., el tipo insoportable que le hacía la vida imposible desde hacía varios meses, ofreció el brazo a Merrow y sonrió.

—Será un placer, Merrow. Me encantaría... ¿Te he dicho ya que estoy enamorado de tu trabajo? Lo descubrí una noche, en un club de Cork. Ya sabes, el de sofás redondos y decoración de harén... Te quedó muy bonito, muy sexy.

—Ahora que lo mencionas, tengo unas cuantas ideas que podrían ser útiles para tu establecimiento. He estado leyendo sobre hoteles para adultos...

Merrow le dio el vaso de café a Alex, como si en lugar de un arquitecto fuera su secretario personal.

Alex hizo una mueca de disgusto. Le parecía admirable que hubiera domado a Mickey D. en unos pocos minutos, pero temió que pretendiera decorar un hotel clásico como un burdel y le molestó que se apretara tanto contra el músico.

Echó un trago del café que le había dado y dejó el vaso en el suelo.

—Alex, ¿por qué no vienes con nosotros? —dijo ella con la voz sexy que utilizaba por teléfono—. Así podrás explicarme los cambios que has hecho mientras me hago una idea general de lo que buscamos...

A Alex le pareció una idea oportuna, pero el

tono de Merrow aumentó su irritación. Aquél era su proyecto, desde el principio hasta el final. Su reputación personal y la de su empresa estaban en juego.

–He pensado que podríamos introducir motivos irlandeses en la decoración...

–¡Qué gran idea, Mickey! Madera tallada, pizarra y ese tipo de cosas...

Alex sonrió. Lo de los motivos irlandeses no era idea de Mickey, sino suya. De hecho, había necesitado tres reuniones para convencerlo.

Merrow alzó la mirada y contempló los techos del hotel.

Alex se adelantó a ellos, se metió las manos en los bolsillos y dijo:

–Hemos salvado la mayoría de las molduras. Y la escalera sigue siendo la original... buscamos una mezcla entre moderno y clásico.

–Eres todo un visionario, Mickey –dijo ella.

–Me gustaría aceptar el cumplido, pero me temo que todo es idea de Alex. A decir verdad, me ha quitado de la cabeza un montón de ideas extravagantes... y convencerme a mí no es nada fácil –admitió.

Mickey D. acababa de dedicar a Alex el primer cumplido que le había hecho sin gruñir o encogerse de hombros. Sin embargo, Alex pensó que se había quedado muy corto con la autocrítica; Merrow no tenía la menor idea de todo lo que había tenido que aguantarle durante los últimos meses.

–¿Qué decías antes sobre los hoteles para adultos, Merrow? –preguntó Mickey–. Me gusta esa expresión. Suena como si incluyera sexo...

–Y el sexo vende, Mickey.

–Desde luego que sí.

Alex sintió la tentación de estrangularla y dijo:

–Me temo que hay leyes al respecto...

Merrow sonrió con malicia.

–Tienes una mente muy perversa, Alex...

Él entrecerró los ojos. Merrow se apartó de Mickey y dio un paseo por la sala.

–Seducción. Esté lugar debería vender seducción –declaró con su voz baja y sexy–. Una seducción sutil, con rincones poco iluminados y texturas que combinen lo masculino y lo femenino. Ante, terciopelo, cuero, sedas...

Alex se detuvo junto a su cliente, que se quitó definitivamente las gafas de sol. Los dos observaron a Merrow mientras ella sonreía, cerraba los ojos, se mordía el labio inferior, tomaba aliento y finalmente retomaba su discurso.

–Y aromas... plantas y flores por todas partes. Rosas, espliego y madreselva para que los clientes noten su olor al pasar ante ellas y lo recuerden más tarde, cuando se hayan ido. Así, asociarán el hotel con una sensación agradable y seductora.

Alex sintió que se estaba excitando e intentó borrar el olor a espliego de su memoria. Mickey se había quedado boquiabierto, casi hechizado por sus palabras.

–Sí, el Pavenham debe mezclar lo moderno y lo clásico –continuó ella, pasándose la lengua por los labios–. Los interiores deben resultar tan sensuales que los clientes sientan la tentación de tocar las superficies, de acariciar la gamuza, de hundirse en el terciopelo de los sofás y de notar el erotismo del cuero contra la piel...

Los dos hombres se mantuvieron en silencio, atónitos.

–Cuando entren en el restaurante, deben tener la mejor experiencia gastronómica de su vida, aunque pidan el plato más sencillo. Las vajillas y la cubertería tienen que estar a la altura de lo demás, y la luz y la decoración general serán tan cálidas que se sentirán como en casa. El Pavenham será el hotel más seductor de la ciudad.

Merrow se detuvo ante ellos. Y al ver que no decían nada, preguntó:

–¿No estáis de acuerdo?

Mickey miró a Alex y dijo:

–Contrátala. Ahora mismo. Dale lo que pida.

Merrow sonrió.

–¡Excelente! Me pondré inmediatamente con los bocetos –declaró–. Llámame mañana si tienes alguna idea interesante, Alex... Y encantada de conocerte, Mickey; estoy segura de que nos veremos con frecuencia. Por cierto, ¿alguien sabe dónde está mi café?

Alex apretó los dientes y contestó:

–Junto a la puerta.

–Ah, gracias... ¡Hasta luego entonces!

Alex la observó mientras ella se alejaba. Al llegar a la entrada del hotel, Merrow se inclinó para recoger el vaso de café y le ofreció una vista aún más generosa de sus largas piernas. Desapareció enseguida, y él se quedó con la sensación de que un tren acababa de atropellarlo.

–Menuda mujer –dijo Mickey, dándole una palmada en la espalda–. Es más de lo que nadie podría desear.

–Sí, desde luego –ironizó.

El músico se puso las gafas de sol.

–Sospecho que después de trabajar con ella me voy a sentir como un gatito. Pero si es capaz de hacer la mitad de lo que ha dicho, me daré por contento.

–Lo hará, descuida. Me aseguraré.

–No lo he dudado en ningún momento, Alex –afirmó, sonriendo de oreja a oreja–. Se supone que los Fitzgerald sois los mejores en vuestro trabajo. Y ya sabes que yo sólo contrato a los mejores.

Alex no se sintió presionado por el comentario de Mickey. Pero mientras caminaban hacia la puerta, tomó una decisión: no esperaría al día siguiente para llamarla por teléfono; la llamaría de inmediato y, esta vez, él sería quien hablara y ella, quien escuchara atentamente.

Merrow iba a prestarle atención. Costara lo que costara.

Capítulo Tres

–¿Por qué lo vas a ver fuera del trabajo? Recuérdamelo, por favor.

Merrow apretó el teléfono móvil entre la oreja y el hombro para poder cambiar de posición su portafolios.

–Porque quiere hablar conmigo y no puedo hacerlo en otro momento –respondió–. No hay nada más, ya te lo he dicho...

–Pero no me suena muy convincente.

Merrow se preguntó si sus tres mejores amigas se habían puesto de acuerdo, porque no dejaban de llamarla o de enviarle mensajes para hablar del mismo tema. Hasta cierto punto, era lógico que se preocuparan por su bienestar; las amigas estaban para eso y ella también se preocupaba por ellas. Pero empezaba a estar harta.

Respiró a fondo y giró en redondo, intentando averiguar en qué lado de la plaza Merrion estaba el despacho de Alex. Cuando vio la estatua de Oscar Wilde, que se apoyaba en una roca detrás de una verja verde, arqueó una ceja y lo miró como preguntándole si podía indicarle la dirección.

Wilde permaneció en silencio.

–Sólo es trabajo.

–¿A las siete y media de la tarde? Terminaste de trabajar hace dos horas.

Merrow se acercó a la verja y siguió andando.

—No es la primera vez que me reúno con alguien fuera del horario de trabajo. La gente tiene vidas complicadas... y por cierto, si no cortas pronto la comunicación, llegaré tarde a nuestra cita en el bar Temple y tendrás que esperar.

—A las nueve y media entonces, ¿no?

—Sí, a las nueve y media.

—Si te retrasas, sabré por qué...

—Seré puntual.

—Bueno, si ese hombre es tan atractivo como me pareció en el Festival de las Ostras, lo comprenderemos. Pero tendrás que darnos todo tipo de detalles...

En ese momento, Merrow vio una placa dorada al otro lado de la calle que parecía prometedora.

—Seré puntual —repitió—. ¡Sólo es trabajo!

Merrow lo decía completamente en serio. Se iban a ver en su despacho, no en su domicilio. Además, aquello era la vida real, no una aventura rápida en Galway; y era consciente de la diferencia.

—Que te diviertas...

Cruzó la calle, volvió a colocarse el portafolios y suspiró aliviada cuando leyó la placa.

—Ah, es aquí... Luego nos vemos. Adiós.

Guardó el teléfono en el bolso y llamó al timbre de la casa de estilo georgiano. Después, se alisó las trenzas, se cruzó de brazos e intentó adoptar una actitud tranquila.

Alex abrió y llenó todo el espacio. Y ese verbo, «llenar», bastó para que Merrow se estremeciera.

Por lo visto, aquel hombre estaba guapo con cualquier cosa que se pusiera. No era justo. Alex se apoyó en el marco y la tela oscura de su camisa se tensó sobre su ancho pecho cuando abrió la puerta un poco más.

–Hola.

Fue un saludo inocente, pero a Merrow le pareció tan inmensamente sexy que dedicó un momento a contemplar su cuello ancho, el hoyuelo de su barbilla, la curva sensual de una boca que hacía maravillas en ciertas situaciones, la línea recta de su nariz y, por último, sus ojos con motas doradas.

Tragó saliva, sonrió y dijo:

–Te he traído los bocetos.

Merrow le extendió el portafolios, lo cual causó que el bolso se le cayera del hombro y tuviera que ponerlo otra vez en su sitio. Y como Alex no aceptó el ofrecimiento, Merrow tuvo que volver a colocárselo todo.

–Entra, por favor –dijo él, apartándose–. Mi apartamento está en el último piso. Podemos subir y mirarlos allí.

Ella se llevó una buena sorpresa. No se le había ocurrido que su apartamento estuviera en el mismo edificio donde trabajaba.

–Tu despacho bastará –afirmó.

La expresión de Alex no cambió en absoluto; pero sus ojos admiraron la minifalda y las piernas de Merrow, que justo entonces se recordó con las piernas separadas y sintiendo el vello de Alex contra su suave piel.

–Me temo que no es posible. El despacho se cierra de noche y, además, he preparado algo de comer. Venga, sube. Veremos esos bocetos.

Merrow no podía protestar porque habría sonado inmaduro y él habría notado su preocupación, de modo que alzó la barbilla, entró en el edificio y esperó a que Alex cerrara la puerta y abriera camino. Cuando empezaron a subir por las escaleras, disfrutó de la visión de su trasero y pensó que los vaqueros le quedaban muy bien.

–¿También vives aquí? Eso es dedicación...

La voz profunda de Alex resonó en la escalera con barandilla de hierro forjado.

–Fue cosa de mi padre. Quería vivir cerca del trabajo.

Merrow supuso que crecer a la sombra de un hombre tan famoso e influyente como Arthur Fitzgerald debía de haber sido difícil para él. De haber estado en su caso, ella habría elegido cualquier otra carrera con tal de librarse de semejante destino.

–Seguro que arriba tienes buenas vistas –comentó, sin apartar los ojos de su trasero.

–Podrás comprobarlo enseguida.

–¿Tu padre sigue viniendo a Dublín? ¿O se mantiene lejos de la ciudad ahora que se ha jubilado?

Alex rió con suavidad.

–Bueno, su concepto de estar jubilado es bastante dudoso –le confesó–. Pero no, no suele venir a Dublín.

–Si te deja a cargo de la empresa, es que confía en tu buen juicio...

–Más o menos.

Merrow se preguntó si el proyecto del Pavenham era tan importante para él porque quería demostrarle algo a su padre. Pero antes de que pudiera interesarse al respecto, él abrió otra puerta y ella se encontró en un espacio abierto y enorme que parecía interminable. Obviamente, el piso de Alex no se limitaba al edificio de estilo georgiano donde estaba su despacho.

–¿Cuántos edificios tienes?

–Tres –respondió.

Alex se acercó a la cocina y alcanzó una botella de vino que había dejado en la encimera.

–¿Te apetece una copa? –le preguntó.

–Sí, gracias. Este sitio es impresionante...

Merrow dejó el portafolios en la encimera y echó un vistazo a su alrededor.

–Lo remodelé hace un año –explicó–. El edificio contiguo salió a la venta y decidí comprarlo. En los pisos inferiores hay una escuela de diseño.

Ella pensó que se había equivocado al suponer que Alex estaba demasiado influido por su padre. Tenía ideas y gustos propios, lo cual lo hacía aún más sexy.

–Tu padre estará muy orgulloso de lo que has hecho...

Alex se encogió de hombros y se dispuso a descorchar la botella. Merrow no podía ver su expresión ni adivinar, en consecuencia, lo que estaba pensando; pero se dijo que interpretaba muy bien el papel de hombre fuerte y silencioso.

–Todavía no ha visto la casa. Como ya he dicho, no suele venir a Dublín.

Él sirvió dos copas y le ofreció una. Cuando Merrow la tomó, sus manos se rozaron un momento y sintió una descarga eléctrica tan intensa que estuvo a punto de soltar un grito ahogado. Alex entrecerró los ojos, como si hubiera sentido lo mismo.

–Gracias.

—De nada.

Merrow caminó hacia la zona del salón y contempló las fotografías y los cuadros de las paredes, casi todos de paisajes y edificios. Entre ellos, aquí y allá, había algunas instantáneas del propio Alex; en una, estaba esquiando; en otra, navegando; e incluso había una tercera en la que aparecía a punto de saltar desde un puente, con una cuerda elástica atada a los tobillos.

Pero su sonrisa fue lo que más le llamó la atención. Sonreía en todas las imágenes, y parecía tan feliz que se giró hacia la cocina para comparar su expresión con la frialdad que demostraba en ese momento.

Cualquiera habría pensado que ella no le caía bien, lo cual le extrañó. La gente la consideraba una persona agradable; y en cuanto lo sucedido en Galway, teóricamente debía contribuir a facilitar las cosas. Además, no estaban mezclando los negocios con el placer. Merrow sabía que su corta aventura con Alex era un asunto bien diferente a su relación con Alexander Fitzgerald. Aquello era un trabajo, sólo eso; y Alexander Fitzgerald, un hombre tan influyente que una palabra suya bastaría para destruir su carrera profesional.

—¿Te dan medallas por hacer todas esas actividades, como en los boy scouts?

Él sonrió y sus ojos brillaron.

—No, pero tampoco soy un boy scout.

Alex se acercó, miró las fotografías y añadió:

—Aunque eso ya lo sabes.

Él alzó la copa de vino y echó un trago. Ella lo admiró durante unos segundos y fue incapaz de apartar la vista de sus labios cuando se los lamió. No había olvidado lo que Alex le podía hacer con la lengua.

–¿Te gusta el vino? –preguntó él.

Merrow miró la copa, la agitó y contempló el líquido.

–Tiene un color profundo. Y un aroma excelente... con un fondo a zarzamora y tal vez a roble, si no me equivoco.

Alex arqueó una ceja y echó un trago.

–Está riquísimo...

–Ya veo que no eres una especialista en vinos.

–No, desde luego que no –afirmó, sonriendo–. Sé distinguir uno bueno de uno malo, y viniendo de ti, sabía que estaría bueno. Pero para sentir su efecto, necesitaría unas cuantas ostras...

Alex la miró con humor al oír la indirecta sobre el festival de Galway.

–Te gusta jugar con fuego, ¿eh?

–Digamos que tengo una veta perversa.

–¿Y eres tan segura como pareces?

–Intento serlo; pero para ser una persona segura, hay que ser consciente de tus propias limitaciones... y yo lo soy –declaró, encogiendo un hombro–. Me limito a esconder mis puntos débiles cuando estoy en público.

–¿Sueles utilizar tu sexualidad para manipular a clientes difíciles?

La sonrisa de Merrow desapareció.

–Me estaba preguntando cuándo saldrías con ésa. Has aguantado diez minutos. No está nada mal.

–Es lo que has hecho con Mickey D., Merrow.

–Porque no tenía otra elección. Me dijiste que

era un cliente muy difícil y me limité a aprovechar lo que tengo. Además, sólo estaba coqueteando... no es como si le hubiera ofrecido mi cuerpo en una bandeja de plata.

—Es tan viejo que podría ser tu padre.

Merrow se apartó de Alex y caminó por la sala.

—Podría, pero no lo es... Mi madre admiraba tanto a ese músico que seguramente consideró la posibilidad de acostarse con él en su día. Pero por suerte, se enamoró de mi padre y se quedó con él. Mickey D. no habría sido un buen padre para mí.

—¿Siempre coqueteas con los clientes cuando quieres venderles un proyecto?

Merrow frunció el ceño, se giró y lo miró.

—¿Qué te disgusta tanto de mí, Alex? ¿Que sea capaz de plantarte cara? ¿O que te encuentras en desventaja profesional frente a las mujeres porque no tienes pechos y no puedes utilizarlos para ganarte el interés de tipos como Mickey?

Él apretó los dientes.

—¿Por qué piensas que me disgustas?

—Ah, no sé... –ironizó–. Tal vez, el hecho de que siempre te pones de mal humor cuando estoy contigo.

Alex frunció el ceño.

—Reconozco que posees la habilidad innata de irritarme y de despertar mi curiosidad al mismo tiempo; pero si tienes buena memoria, recordarás que eso no fue un impedimento en Galway. No me acuesto con mujeres que me disgustan.

Merrow se quedó sin palabras.

—En su momento, te dije que no quería que lo sucedido entre nosotros fuera un obstáculo para nuestro trabajo –continuó él–. Pero lo es. Y lo seguirá siendo si te empeñas en convertir el Hotel Pavenham en un mundo de seducción. Será mejor que cambies de actitud... o tendrás que afrontar las consecuencias.

Merrow sintió una oleada de excitación sexual, pero también de decepción artística.

–No te gustaron mis ideas, ¿verdad?

Alex sonrió.

–Te equivocas, Merrow, no tengo nada contra tus ideas. De hecho, si los bocetos que tienes en ese portafolios se acercan lejanamente al discurso que nos diste ayer a Mickey a mí, estoy seguro de que nos llevaremos bien.

Ella lo miró con confusión.

–Entonces, ¿cuál es el problema?

Alex dejó de sonreír.

–Que no puedo trabajar con alguien que se comporta como tú con los clientes. Mi empresa tiene una reputación que proteger.

–¿Te parecí poco profesional?

–No. Pero tus métodos fueron...

–¿Demasiado parecidos a los de una prostituta? –espetó.

Él frunció el ceño.

–Yo no he dicho eso.

–¿Crees que me rebajé ante Mickey y que mi asociación contigo podría dañar la imagen de tu bendita empresa?

–Tampoco he dicho que te rebajaras, así que deja de achacarme palabras que no he pronunciado –respondió–. Lo que intentaba decir, antes de que sacaras conclusiones apresuradas, es que mi empresa tiene su forma de hacer las cosas y que todo sería más fácil si me advirtieras antes de usar tus métodos... poco convencionales.

—No sé si te entiendo.

—Habría preferido no estar presente mientras te insinuabas a ese tipo. Sólo te faltó bailarle la danza de los siete velos.

Merrow apretó los dientes e intentó contener su ira, pero se mantuvo en silencio.

—¿Y bien? ¿No vas a decir nada?

Ella sacudió la cabeza. Alex había acertado al afirmar que el proyecto del Pavenham era el sueño de cualquier diseñador. Quería aquel trabajo. Le gustaba tanto que no había dejado de esbozar y apuntar ideas desde la mañana anterior.

—Di lo que estás pensando, Merrow. Quiero saber si podemos refrescar el ambiente antes de que empecemos a trabajar.

—Puede que no quiera trabajar contigo.

—Lo dudo mucho. Recuerda que ayer estaba presente cuando...

—¡Sí! —lo interrumpió—. ¡Ya te he oído!

Él tomó aliento.

—Iba a decir que estaba allí cuando te emocionaste con el proyecto. Tu cara se iluminó. Y ésa es precisamente la pasión que necesito para el hotel.

—Siempre que no derive mi pasión hacia el cliente, claro.

—Siempre que la pasión que le derives sea puramente profesional —puntualizó él.

En ese instante preciso, Merrow tuvo una revelación.

—Te puse celoso...

Él apretó los dientes y se alejó hacia la cocina. Ella lo miró con perplejidad.

El hombre perfecto, el arquitecto rico y atractivo que seguramente se podía acostar con todas las mujeres que quisiera, estaba celoso porque ella había estado coqueteando con un impresentable como Mickey D.

Si veinticuatro horas antes le hubieran insinuado esa posibilidad, le habría parecido una idea completamente estúpida. Y ahora que lo sabía, sintió deseos de empezar a bailar por toda la habitación.

Pero naturalmente, se contuvo. Ya había decidido que no quería mezclar los negocios con el placer.

—No lo entiendo, Alex. ¿Por qué sentiste celos? Tú y yo no mantenemos una relación.

—No, no la mantenemos —declaró él, tajante—. Pero si no te importa, me gustaría seguir creyendo que aquella noche en Galway fue especial para los dos y que no sueles tener aventuras parecidas todos los días.

Ella asintió.

—No, claro que no. Tú fuiste el primer hombre con el que tuve una aventura —se burló—. Felicidades, Alex.

Él la miró con tanta intensidad y tanta energía que ella se pasó la lengua por los labios.

—Pero es cierto que fue una noche especial —añadió.

—Lo fue.

Merrow respiró a fondo y soltó el aire. Sus senos subieron y bajaron al hacerlo y sus pezones se pusieron súbitamente sensibles con el roce del sostén.

—Sin embargo, ni mantenemos una relación ni

yo quiero mantenerla. Sólo tengo veintisiete años y quiero concentrar mis energías en el trabajo. No tengo tiempo para relaciones serias.

–Lo sé. A mí me ocurre lo mismo –dijo él, sonriendo–. Y no soy mucho mayor que tú.

Ella inclinó la cabeza y lo miró durante unos segundos antes de hablar.

–Entonces, si no vamos a mantener una relación sexual increíblemente apasionada, tus celos carecen de sentido. ¿No te parece?

Él entrecerró los ojos, sin dejar de sonreír. Alex no había admitido que su actitud con Mickey D. lo hubiera puesto celoso, pero tampoco lo había negado. Y por la tensión que se palpaba en el ambiente, ella no era la única que estaba excitada.

Por desgracia, esta vez no podía justificarse con el efecto supuestamente afrodisíaco de las ostras.

–Muy bien, perfecto.

Alex alcanzó una zanahoria, se la llevó a la boca y la mordió. Al ver que Merrow se acercaba a la encimera, se cruzó de brazos, la miró con desconfianza y dijo:

–¿Se puede saber qué vas a hacer?

–Nada, sólo es un experimento.

Merrow le pasó los brazos alrededor del cuello, se puso de puntillas y lo besó.

Capítulo Cuatro

Alex se quedó helado.

La dejó hacer durante unos momentos para ver hasta dónde estaba dispuesta a llegar. Descruzó los brazos y apoyó las manos en la encimera mientras ella apretaba los senos contra su pecho. La cálida y suave boca de Merrow, que mantenía los ojos abiertos, jugueteó con él, pero cuando le mordió el labio inferior, Alex se dijo que ya había tenido suficiente: si se empeñaba en seducirlo, tendría que afrontar las consecuencias de sus actos.

Llevó las manos a su cintura, las bajó hasta su trasero y las cerró sobre sus nalgas. Merrow sintió la erección de Alex y sus ojos se iluminaron de inmediato. Él sonrió, inclinó la cabeza y la besó con tal pasión que ella gimió contra su boca, cerró los ojos al fin y se entregó a sus caricias.

Mientras se besaban, Alex notó que sus pezones se endurecían y sonrió para sus adentros. Su querida Merrow O'Connell podía controlar las cosas durante el horario de trabajo, pero aquél era su territorio. Y si se excitaba tan rápidamente cuando la tocaba, él jugaba con ventaja.

Introdujo una mano por debajo de su camiseta y le acarició los senos. Después, metió una pierna entre sus muslos, pasó la mano libre por debajo de la

39

minifalda y avanzó hacia su entrepierna con intención de acariciarla. Pero justo entonces, cuando estaba a punto de alcanzar su clítoris, ella se apartó

Alex sonrió con expresión triunfante.

–¿Ocurre algo?

Merrow entrecerró los ojos y se lamió los labios, hinchados por los besos.

–No, nada en absoluto –respondió ella–. Pero deberías llevar un letrero de peligro.

–¿Yo? Eres tú quien ha insinuado la posibilidad de que tengamos una aventura.

Alex alcanzó su copa de vino y echó un trago. Ella alzó la barbilla y lo miró con gesto de desafío.

–Porque sólo podemos tener eso, Alex, una aventura. Tu mundo y el mío no encajan en absoluto. No esperes otra cosa.

Alex la miró con desconcierto. No estaba seguro de lo que quería decir.

Pero antes de que pudiera preguntar, ella le dedicó la sonrisa traviesa de Galway, la que indicaba que estaba dispuesta a jugar a fondo.

Merrow se giró, miró hacia el pasillo que se alejaba desde la cocina, se llevó las manos a la cremallera de la minifalda y preguntó:

–¿Por dónde?

El corazón de Alex pegó un respingo.

–¿Adónde quieres ir?

Ella se bajó la cremallera, dejó caer la falda y se quitó la camiseta.

–Al dormitorio, por supuesto. Podríamos hacer el amor aquí, en la encimera, pero sospecho que el granito está demasiado frío.

–Merrow...

Ella se quitó uno de los zapatos y preguntó:

–¿Sí, Alex?

Alex la miró con desconfianza. Si todo aquello era una broma, sería mejor que lo dijera de inmediato; porque después no sería responsable de sus actos.

–¿Así como así? –preguntó él–. ¿Otra vez?

Ella se encogió de hombros y se quitó el otro zapato.

–Bueno, no es como si mantuviéramos una relación, ¿verdad? Tú mismo has dicho que nuestra atracción es un obstáculo para el trabajo... pues bien, apartémoslo del camino.

Alex dejó la copa en la encimera, caminó hacia ella y se metió las manos en los bolsillos de los pantalones.

–No tienes que acostarte conmigo para conseguir el empleo, Merrow –dijo–. Eso ya lo has conseguido con tu talento.

Merrow cruzó los brazos por encima de sus senos y lo miró con cara de pocos amigos, pero Alex se limitó a sonreír. Fingir que se había enfadado, estando medio desnuda, no resultaba demasiado creíble.

–Olvidaré lo que has dicho porque no me conoces. Sí, es verdad que tengo más talento del que se necesita para el proyecto del hotel... ya lo verás cuando te molestes en abrir mi portafolios –declaró–. Pero esto no tiene nada que ver con el trabajo. Esto es entre tú y yo, porque te deseo. Y a juzgar por el bulto de tus pantalones, tú también me deseas.

–Merrow, yo...

–Sólo es eso, Alex. Deseo, ansiedad. Nada más.

41

–¿Ansiedad?

Los ojos de Merrow se oscurecieron.

–El sexo es el sexo, Alex. No le des más vueltas.

Alex sintió la necesidad de saberlo. Merrow le estaba ofreciendo la posibilidad de hacer el amor sin compromisos, pero a él no se le ocurrió otra cosa que decir:

–Alguien te ha hecho daño, ¿verdad?

Ella soltó una carcajada. Pero fue evidente que Alex había acertado, porque no pudo ocultar su rubor.

–¿Por qué te empeñas en buscar explicaciones retorcidas? ¿Es que me crees incapaz de acostarme con alguien por puro placer, Alex? No veo qué hay de malo en ello. Soy una mujer adulta y no estoy saliendo con nadie, aunque supongo que eso no supondría ningún impedimento para ti.

La última frase de Merrow confirmó sus sospechas.

–Ahora lo comprendo. Estabas saliendo con alguien y te engañó.

–Lo que me haya pasado es irrelevante, Alex. Esto es diferente, algo entre tú y yo, nada más, como la última vez.

Merrow se llevó las manos a la espalda, se desabrochó el sostén, se lo quitó y lo dejó caer al suelo.

–Al verte, he recordado lo bien que lo pasamos en Galway –continuó ella–. ¿Es que ya no te acuerdas? ¿Has olvidado lo que sentimos?

Alex tragó con fuerza. Sus palabras roncas hacían tanto daño a su contención como la visión de las manos que Merrow se llevó a la garganta, para bajarlas después hasta sus senos y su liso estómago.

–Me acuerdo de todo.

–Pues si lo recuerdas... ¿por qué no quieres perderte otra vez?

Alex se preguntó si era eso, perderse, lo que ella deseaba. Y en tal caso, por qué quería perderse con él.

El destino le estaba haciendo un regalo extraño al ofrecerle a Merrow después de tantos meses de abstinencia y trabajo. Porque era verdad que estaba tenso; se sentía como si todo el peso del mundo descansara sobre sus hombros, y a veces no encontraba más forma de relajarse que dedicar varias horas de golpes al saco de boxeo del gimnasio.

Merrow le estaba ofreciendo una forma mucho más interesante de descargar su energía. Pero tenía la sensación de que, si aceptaba su oferta, la estaría utilizando.

Ella caminó hacia él, prácticamente desnuda, moviendo las caderas de un modo tan sensual que Alex pensó que lo hacía de forma inconsciente. Cuando llegó a su altura, lo miró y le pasó un dedo desde la base de la oreja hasta el cuello de la camisa.

–Tienes tanta tensión acumulada, Alex... en Galway no parecías tan tenso. Te ofrecí mi tila, pero no quisiste.

Alex tuvo que hacer un esfuerzo para no sonreír. Merrow volvía a ser la mujer traviesa y tentadora de siempre.

–Porque soy un idiota –declaró.

Alex inclinó la cabeza, le lamió el cuello y apretó el pecho contra sus senos. Había tomado una decisión. Si Merrow le ofrecía una aventura sin compromisos, él le daría unos cuantos recuerdos muy especiales.

La deseaba tanto que casi le resultaba doloroso. Y cuando ella frotó el estómago contra su entrepierna, se supo perdido.

—Es tu última oportunidad, Merrow O'Connell. Todavía puedes cambiar de opinión.

Merrow acercó la boca a su oído y murmuró:

—Te deseo. Te quiero dentro de mí.

Alex la alzó en vilo y la apretó contra la pared; ella cerró las piernas alrededor de su cintura. Mientras se besaban, él llevó las manos a su cabello, le quitó las gomas que cerraban sus trenzas y le pasó los dedos por el pelo hasta que quedó completamente suelto. Después, le acarició la cabeza, volvió a besarla y le mordió el labio inferior de un modo tan juguetón como ella cuando estaban en la cocina.

—Llevas demasiada ropa... —dijo Merrow.

Alex rió.

—Y tú.

No se podía decir que las braguitas de encaje de Merrow fueran un gran obstáculo; sin embargo, estaban en mitad del camino y no se las podía quitar mientras ella mantuviera las piernas en esa posición.

Le acarició la cara, el cuello, los hombros y finalmente cerró las manos sobre sus senos y le frotó los pezones. Ella se arqueó hacia atrás y él sonrió.

—¿Te gusta?

—Hum...

Alex movió la cintura hacia arriba, de tal manera que la cremallera de sus pantalones rozó el encaje que cubría el sexo de Merrow.

–¿Quieres más?

–Sí...

–¿Sabes una cosa? De haber sabido que la única forma de acallarte era hacerte el amor, te lo habría hecho constantemente.

Alex rió y la llevó al dormitorio. Merrow cerró las piernas con más fuerza y se aferró a él.

–¿Insinúas que hablo demasiado?

–Insinúo que las palabras sobran a veces.

–Demuéstramelo.

Alex la inclinó sobre la cama con la intención de posarla suavemente, pero no salió como esperaba; estaban tan juntos que su peso combinado los arrastró a la vez y tuvo que reaccionar a toda prisa para no aplastarla.

Los dos rieron.

–Te has resbalado...

–Sí. Supongo que «resbalarse» es el término adecuado para esto.

–No lo dudes. Yo me pongo muy resbaladiza cuando estoy contigo –ironizó.

Alex se excitó un poco más al imaginar a Merrow en un estado de excitación constante por culpa suya. La besó otra vez y le acarició el cabello. Ella llevó las manos a su camisa y empezó a desabrochársela; cuando ya había logrado su objetivo, Alex contempló el rubor de su cara y fue incapaz de resistirse a la tentación de acariciarle el clítoris.

–Oh...

Merrow le acarició el pecho, llevó las manos a la cremallera de sus pantalones y preguntó:

–¿Tienes preservativos?

–Sí, en el cajón de la mesita.

Alex sonrió al ver que intentaba alcanzar el cajón y que no lo conseguía.

–Tendremos que movernos –añadió ella.

–Lo haré yo.

Alex la posó de espaldas sobre la cama, sin soltarla, y se alegró de que las mujeres fueran tan flexibles. Pero seguía estando demasiado lejos del cajón, de modo que no tuvieron más remedio que separarse.

Gracias a ello, él pudo quitarse los pantalones y los calzoncillos y ella, las braguitas de encaje.

–Me lo pondré yo. Seré más rápido.

Ella sonrió, con ojos brillantes.

–Tienes mucha práctica, ¿eh? Pero no. Quiero ponértelo yo.

Alex estuvo a punto de gemir cuando ella le quitó el preservativo, lo acarició suavemente y empezó a ponérselo con delicadeza.

Definitivamente, había perdido el control de la situación. Y sin embargo, había algo increíblemente sexy en estar con una mujer segura y perfectamente capaz de ponerse manos a la obra, en sentido literal.

Por fin, Merrow alzó la barbilla, lo miró a los ojos y movió las caderas hacia delante, apretando su humedad contra el pene de Alex. Después, se puso a horcajadas sobre él y descendió milímetro a milímetro, con una lentitud desesperante.

Sus cuerpos estaban finalmente conectados. Ella entreabrió los labios y empezó a jadear al cabo de unos segundos. Él contempló sus ojos y pensó que era una mujer magnífica; lo excitaba tanto que casi no lo podía soportar.

—Me estás matando, Merrow...

Merrow se inclinó hacia delante y lo besó durante unos momentos, sin cerrar los ojos.

—Ya sabes cómo lo llaman, ¿no? *La petite morte*... la pequeña muerte.

—Ahora entiendo por qué.

Alex llevó las manos a su senos y bajó una hasta su clítoris, que empezó a frotar. Ella aceleró el ritmo, y cuando él la miró a la cara y notó su rubor, la forma en que se mordía el labio y sus gemidos de placer, estuvo a punto de perder el control y alcanzar el orgasmo.

Mientras se esforzaba por contenerse, Merrow lo miró a los ojos y sonrió. Alex sintió una punzada en el corazón, la misma que había sentido minutos antes, cuando le insinuó claramente que quería acostarse con él. Era una especie de conexión profunda, que no había sentido con ninguna otra persona. Por eso recordaba la noche de Galway con tanta claridad; por eso era incapaz de olvidarla.

Ella le llevó una mano a la nuca y se movió con más fuerza. Alex supo que le faltaba poco para llegar al clímax y volvió a llevar una mano a su entrepierna para acariciarla una y otra vez, hacia arriba y hacia abajo, hasta donde podía llegar.

—¡Alex... !

Merrow cerró los ojos y se estremeció de placer, sin dejar de moverse, hasta que él ya no pudo soportarlo por más tiempo y alivió su tensión con un gemido bajo y gutural.

Ella se tumbó y le apoyó la cabeza en el hombro. Alex se dedicó a acariciar su piel suave en mitad del silencio, mientras su respiración se calmaba.

–Somos muy buenos en esto... –dijo Merrow.

–Sí, lo somos.

De repente, Alex notó su aroma a espliego y se dio cuenta de que estaba relajado. Más relajado que nunca. Y se sentía maravillosamente bien.

Ella alzó la cabeza, lo besó dulce y lentamente y declaró:

–Tengo que irme. Llegaré tarde.

Cuando intentó levantarse, él cerró los brazos a su alrededor y se lo impidió.

–¿Adónde vas?

–He quedado con unas amigas en el bar Temple.

Él frunció el ceño.

–No me digas...

–Sí –respondió ella, sonriendo como si no tuviera importancia–. Es el cumpleaños de Lisa y vamos a tomar unas copas.

–¿Ahora? –preguntó él, perplejo.

Alex empezó a sentirse usado.

–Ya había quedado con ellas. Además, no sabía que acabaríamos en la cama... De hecho, estaba decidida a no hacerlo. Pero tengo que marcharme.

Alex relajó un poco su presa.

–¿Y por qué has cambiado de opinión?

Ella le acarició la nariz y sonrió.

–No lo sé. Por lo visto, no puedo resistirme a la tentación de tocarte...

–Bueno, supongo que no puedo culparte por ello –declaró, sonriendo.

–¿Lo ves? Ahora eres el hombre que conocí en Galway. El Alex de Dublín es un tipo tenso y estirado. No estaba segura de que me fuera a gustar.

Alex se dio cuenta de que la estaba acariciando

de forma inconsciente y pensó que ella no era la única que no se podía resistir a la tentación de tocar.

—Ya no estoy tenso.

Merrow se quedó en silencio durante unos segundos y lo miró con sus ojos verdes, que no estaban de su color esmeralda habitual sino de un tono musgoso.

Alex la volvió a acariciar y habló con voz rasgada.

—¿Qué ocurre?

—Este proyecto es muy importante para ti, ¿verdad?

—Sí, es verdad.

—¿Por qué?

Merrow se acercó a él y se estiró un poco más, de manera que ahora tenía los senos apretados contra su pecho y los muslos contra sus piernas. Alex pensó que si seguía así dos minutos más, no iría a ninguna parte.

—Porque sí –respondió.

—Eso no es una respuesta...

Alex frunció el ceño.

—Si te doy conversación, ¿te quedarás aquí?

—No.

Él habría fruncido el ceño otra vez si no hubiera notado un fondo de arrepentimiento en su negativa.

—No puedo, Alex, en serio. Cumple treinta años y es una ocasión especial para ella. Además, soy su mejor amiga; hemos pasado por muchas cosas juntas...

Alex se preguntó qué habría querido decir con ese comentario. Sonaba como si alguien le hubiera roto el corazón; y de ser así, eso explicaría su empeño por fingir que no necesitaba relaciones amorosas.

–Pero no te preocupes –continuó ella–. Vamos a trabajar muchos meses en el Pavenham... ya habrá otra ocasión.

–Sí, por supuesto.

Merrow lo besó otra vez, pero de forma más breve.

–Si quieres que volvamos a jugar, tendremos tiempo de sobra. Y quién sabe, hasta puede que me salga con la mía y te saque alguno de tus secretos profundos y oscuros...

Él sonrió y se dijo que podría ser divertido.

–El cuarto de baño está en esa puerta. Lo digo por si te apetece ducharte –comentó él.

Merrow se levantó y le ofreció una vista perfecta de su cuerpo desnudo.

–Prefiero llevarme tu aroma conmigo, para no olvidarte con demasiada rapidez. Si me retraso demasiado, querrán saber por qué... y dudo que te apetezca que cuatro mujeres se dediquen a analizarte a tus espaldas.

–No, no me apetece nada.

–Lo suponía...

Merrow salió del dormitorio. Él aprovechó y se puso los pantalones vaqueros, aunque sin molestarse en cerrar el botón, y la siguió. Cuando llegó a su altura, ella ya se había vestido y se estaba poniendo los zapatos.

Tenía el pelo tan revuelto y estaba tan ruborizada que sonrió al verla. En cuanto entrara en el bar, sus amigas adivinarían lo que había estado haciendo.

–Será mejor que te peines un poco –le aconsejó.

Ella sonrió y se puso de puntillas para besarlo.

–Lo sé. Alguien me ha enmarañado la melena...

Alex la atrajo hacia así y la besó con pasión. Ella cerró los ojos, se dejó llevar y soltó un gemido, frustrada.

–Si te quedaras, te demostraría que estoy lejos de haber terminado contigo –declaró.

Ella le pasó la lengua por los labios como si quisiera saborearlo.

–Hum... lo sé.

–Quizás deberías venir mañana a desayunar. Así podré decirte lo que pienso de tus bocetos y luego... bueno, veremos lo que pasa.

Merrow volvió a abrir los ojos y lo miró con malicia.

–Me encantan los desayunos.

Alex sacudió la cabeza y le indicó la salida.

–Anda, márchate de una vez y abandóname. Ve a jugar con tus amiguitas. Estaré bien, no te preocupes por mí.

Merrow se alejó y él la acompañó hasta la salida.

–Pobrecillo... –se burló.

Alex le abrió la puerta.

–Vete...

Ella ya estaba a punto de salir cuando él carraspeó. Merrow se detuvo, se giró, le puso las manos en el pecho y lo besó en la mejilla.

–Merrow...

–¿Sí?

–¿Qué puntuación me das? De uno a diez...

Merrow se llevó las manos al pelo y empezó a recogérselo otra vez con las gomas.

–Prefiero no dar puntuaciones con un solo partido. Si quieres que te responda a esa pregunta, tendremos que jugar más veces.

Alex sonrió.

–No te metas en líos...

–Lo intentaré.

–Hasta mañana.

Capítulo Cinco

El tiempo pasaba tan deprisa que Merrow se sentía arrastrada por un torbellino. En sus días no había nada de particular, pero las horas que compartía con Alex encajaban de un modo tan perfecto en el caos general que le resultaba sorprendente, inesperado y casi demasiado bueno para ser cierto.

Además, él ya no estaba tenso. La combinación de trabajar duro y de jugar fuerte en el amor, le sentaba bien. Merrow se sabía parcialmente responsable de su transformación, aunque aún quedaba camino por recorrer.

—¿Sabes que cambias mucho cuando te pones ese traje?

Merrow observó el traje de color azul marino, que obviamente era obra de algún diseñador. Le quedaba tan bien que estaba para comérselo; pero a pesar de que llevaba las manos en los bolsillos y la corbata un poco suelta, le daba un aire tan serio que sentía la tentación de despeinarlo.

Alex sonrió y las motas doradas de sus ojos parecieron más brillantes cuando la miró de soslayo.

—No me digas...

Ella no se dejó engañar por su respuesta. Ya había notado que su amante tenía la costumbre de dejarla hablar antes de llevarle la contraria o de cambiar de conversación. Era una muy estrategia inteligente, como correspondía a un hombre tan astuto como Alex Fitzgerald. Y le gustaba.

Merrow se mordió el labio.

—Sí. Te convierte en el estirado y sumamente serio Alex de Dublín.

Alex inclinó la cabeza y replicó en voz baja, para que nadie más pudiera escucharlo.

—Ah, pero así tendrás ocasión de relajarme más tarde, ¿no?

—Desde luego que sí —respondió con una sonrisa—. No lo dudes ni por un momento.

Él la sorprendió con un beso rápido. Después, llevó una mano a la puerta del restaurante, le puso la otra en la espalda y la acompañó al interior. Aunque en privado eran extraordinariamente afectuosos, en público procuraban mantener las distancias; a Merrow le parecía bien, porque a fin de cuentas no mantenían una relación, no eran pareja. Aquello sólo era una aventura. Y sus encuentros matinales, sus desayunos amorosos, se habían convertido en su hora favorita.

Por supuesto, llegaba un momento en que debían dejarse de caricias y ponerse a trabajar. Solían quedar a comer en algún sitio, normalmente en la casa de Alex, y luego charlaban sobre la evolución del Pavenham antes de pegarse otro revolcón.

De hecho, aquélla iba a ser la primera vez que comieran en un local público. La idea había sido de él, y Merrow se había mostrado de acuerdo porque a Alex le apetecía comer en un italiano y el local se encontraba a medio camino entre su casa y el hotel.

El dueño del restaurante saludó a Alex por su

nombre y los llevó directamente a una mesa aunque había gente esperando. Merrow supuso que era una de las ventajas de ser un Fitzgerald, pero no tuvo ocasión de pensar en ello; justo entonces, oyó unas voces conocidas.

–Dios mío...

–¡Merrow! ¡Estamos aquí!

Merrow se giró hacia sus amigas y las miró con recriminación. Alex lo encontró divertido y ni siquiera apartó la mano de su espalda.

–Buenas tardes...

–Hola –dijo Lisa, mirando a Alex–. Me alegro de verte otra vez...

–¿Otra vez? –preguntó él, arqueando las cejas.

–Seguramente lo habrás olvidado, pero estuvimos con Merrow en el Festival de las Ostras de Galway.

Merrow deseó que la tierra se la tragara. Pero sacó fuerzas de flaqueza y preguntó:

–¿Qué estáis haciendo aquí?

En general, sus amigas la avisaban cada vez que planeaban una salida. Si se habían reunido sin decirle nada, es que iban a hablar de ella a sus espaldas.

–Gracie ha ganado unas cuantas libras en la lotería y nos ha invitado a comer. Lo habrías sabido si te hubieras molestado en contestar el teléfono; pero supusimos que estarías muy... ocupada.

Merrow la miró con tanta ira que su amiga añadió:

–Con el hotel y esas cosas, quiero decir.

–Imagino que éstas deben de ser tus tres mosqueteras... –intervino Alex, con voz profunda.

Merrow asintió.

–Sí, algo así.

–Podéis comer con nosotras. Yo invito –dijo Gracie.

–No, gracias, Gracie, íbamos a...

Gracie se giró hacia Alex y la interrumpió:

–Si eliges el vino, responderemos a todas tus preguntas sobre Merrow.

–¿A todas las preguntas? –dijo él–. Es una oportunidad demasiado buena para pasarla por alto... pero sólo aceptaré si permitís que sea yo quien os invite. Es mejor que reserves lo que has ganado en la lotería para otro momento. ¿No te parece, O'Connell?

Merrow pensó que tenía razón. Podía dedicar ese dinero a comprarle un ataúd.

–Alex, no creo que...

Alex no hizo el menor caso. A un gesto suyo, el dueño del restaurante apareció de repente con dos sillas más y organizó la mesa para que todos tuvieran espacio.

Merrow maldijo su suerte. Él esperó a que se sentara y sólo entonces se deshizo de la chaqueta, la dejó sobre el respaldo de la silla, se quitó la corbata y se la guardó en uno de los bolsillos interiores.

A continuación, tomó asiento y les dedicó la mejor y más encantadora de sus sonrisas.

–¿Tinto? ¿O blanco?

–Dime una cosa, Merrow... ¿vas a hablar de lo que te pasa? ¿O vamos a fingir que no te pasa nada hasta que lleguemos a mi casa y consiga sonsacártelo?

Merrow alzó la barbilla y siguió caminando.

–No me pasa nada.

—Muy bien, como quieras –dijo él, con humor–. La opción de sonsacártelo me parece muy interesante.

—No hay nada que sonsacar.

—Yo diría que sí.

—Pues te equivocas.

Alex se metió las manos en los bolsillos del pantalón y permaneció a su lado mientras ella fijaba la mirada en la calle Grafton.

Merrow no quería hablar del asunto. Todavía no había analizado sus propios sentimientos. Sólo sabía que se sentía ofendida, molesta.

—Veamos, ¿qué puede ser? –se preguntó él en tono de broma–. Creo que no he tirado la comida. Y he usado los cubiertos adecuados...

—¿Los cubiertos adecuados? Sólo han servido dos platos –declaró ella–. Así no hay forma de equivocarse.

—Pero era una posibilidad –ironizó–. En cuanto a lo que me han contado de ti... casi todo lo han dicho por su cuenta, sin que yo preguntara. E incluso he cambiado de conversación en un par de ocasiones porque me ha parecido que iban a darme detalles demasiado jugosos y que te molestaría.

Merrow pensó que tenía razón y hasta supuso que debía estar agradecida. Si se hubieran tomado otra botella de vino, sus amigas habrían divulgado tanta información confidencial que ella no habría tenido más remedio que exiliarse a otro país.

—Ni siquiera he mostrado interés cuando han afirmado que soy mucho mejor que ese Dylan –continuó Alex–. Aunque supongo que el tal Dylan es el tipo que te engañó.

Merrow se dijo que la discreción de Alex en ese

punto no tenía nada de particular. A fin de cuentas, ella había gemido tan lastimeramente ante el comentario, que nadie con un poco de sensibilidad habría insistido.

–Y hasta tú debes admitir que he estado encantador y que he sido un caballero. Me apetecía acariciarte por debajo de la mesa, pero me he contenido. Aunque es cierto que el hecho de que lleves pantalones y no una de esas falditas cortas que tanto me gustan, me ha facilitado las cosas.

Ella se detuvo en mitad de la acera, se giró y lo miró a los ojos con el ceño fruncido.

–Sí, eso es verdad, pero no has dejado de sonreírme ni de apartarme el cabello de la cara ni de tomarme de la mano por encima de la mesa. ¿Cuándo han empezado a gustarte esas demostraciones?

–¿Esas demostraciones? –preguntó.

–Sí, las demostraciones públicas de afecto –respondió ella–. ¿Cuándo has decidido cambiar las normas de nuestra relación?

Él se cruzó de brazos.

–No recuerdo que hayamos establecido ninguna norma.

–Pues las hay.

–Ah, ahora lo entiendo… Te has enfadado porque crees que las demostraciones de afecto no son propias de una simple aventura.

–¡En efecto!

Merrow se sentía tan frustrada que habría dado una patada en el suelo de no haber sabido que parecería una niña de cinco años.

Alex descruzó los brazos, se acercó a ella y bajó la voz.

–Mira, no sabía que tuviéramos normas; pero como tú pareces más familiarizada que yo con los comportamientos adecuados para una aventura, tal vez deberías informarme. Hasta ahora, yo siempre había sido el típico hombre que, cuando le gusta una mujer, la invita a salir y la lleva a cenar o a tomar unas copas.

Merrow intentó explicarse, pero no encontraba las palabras y eso la irritó un poco más. Alex había sido tan encantador con sus amigas que se había ganado su adoración; y no contento con comportarse como el hombre más maravilloso y seductor de la Tierra, también quería ser un buen chico.

Al ver que Merrow se mantenía en silencio, él volvió a arquear las cejas.

–Me habías tomado por una especie de gigoló, ¿verdad? Creías que me dedicaba a viajar por todo el país en busca de amantes...

Ella apretó los dientes. Él sonrió.

–Te odio cuando sonríes así...

–No, no es verdad.

Alex se acercó tanto a ella que sus cabezas casi se tocaban.

–¿Sabes lo que pienso, O'Connell?

Merrow lo miró a los ojos y sintió que su pulso se aceleraba y que su temperatura aumentaba de repente. No estaba segura de querer saber lo que pensaba, pero suspiró y lo preguntó de todos modos.

–¿Qué piensas?

Alex inclinó la cabeza como si estuviera a punto de darle uno de sus besos apasionados e incendiarios en plena calle Grafton, entre los transeúntes. Pero en lugar de besarla, mantuvo el contacto visual y dijo, con voz ronca:

–Que has olvidado algo fundamental: no todos los hombres del planeta son tan estúpidos como tu último novio –afirmó.

Merrow ya estaba a punto de protestar cuando él sonrió de nuevo. Y fue una sonrisa tan clara y tan eróticamente devastadora, que ella dejó de pensar.

Era increíble que Alex pudiera ser tan atractivo.

–Bueno, ya que hemos terminado nuestra primera discusión en mucho tiempo, ¿qué te parece si vamos a mi casa y hacemos las paces como se debe?

Cuando ella abrió la boca para responder, él dio un paso atrás, la agarró por la cintura y, para su enorme sorpresa, se la cargó al hombro.

–¡Alex! ¡Bájame ahora mismo!

–No.

Alex la echó un poco hacia atrás, de tal manera que el estómago de Merrow descansaba ahora sobre su hombro, y cerró un brazo por la parte de atrás de sus rodillas para mantenerla inmovilizada. Acto seguido, empezó a caminar.

Mientras avanzaban, Merrow pudo oír las carcajadas de la gente. Le sentó tan mal que empezó a patalear.

–¡Suéltame!

–No te resistas. Recuerda que acabamos de comer. Si no te calmas un poco, te pondrás enferma y vomitarás...

Merrow pensó que vomitarle en la espalda de la chaqueta habría sido lo más justo.

–Alex...

–Quéjate tanto como quieras, O'Connell.

–No puedes llevarme así hasta tu casa. Te dará un infarto.

–Gracias por preocuparte por mi salud, pero pongo en tu conocimiento que gozo de un estado físico excelente –afirmó.

Merrow debería haber sentido deseos de asesinarlo; pero en lugar de eso, se encontró en un tris de soltar una carcajada. Era la situación más ridícula que había vivido.

Por fin, incapaz de contenerse, rió.

–Eres todo un caso, Alex...

–Bueno, yo me tengo por un tipo adorable.

Ella volvió a reír.

–Por favor, bájame de una vez, tonto...

–Te bajaré cuando lleguemos a mi cama.

Merrow movió la cabeza de lado a lado para comprobar si alguien había oído el comentario de Alex; sabía que el rubor de sus mejillas no se debía únicamente a que estuviera boca abajo.

Cuando él giró al final de la calle Grafton, ella pensó que Alex era mucho más resistente de lo que parecía. Ya lo había demostrado durante sus sesiones eróticas, pero no había prestado atención y ahora no podía hacer otra cosa que ponerse cómoda y echarle paciencia.

Apoyó un codo en su espalda, para poder descansar la barbilla en la mano, y se apartó la coleta de la cara. El conductor de un coche los vio y tocó el claxon; ella lo saludó, pero no se molestó en ver si le devolvía el saludo.

Alex se detuvo en ese momento.

–Hola, Gabe, ¿qué tal estás?

Merrow intentó ver a su interlocutor, sin éxito. Por el tono de voz de Alex, debía de ser un buen amigo.

–Muy bien –respondió el hombre, con humor–. Acabo de pasarte los presupuestos de la galería por debajo de la puerta.

–Qué rapidez...

–Esta tarde pasé casualmente por allí y decidí echar un vistazo al sitio –explicó–. ¿Quién es tu amiga, por cierto?

–Puedes presentarme si quieres –dijo Merrow–. O haz como si no estuviera aquí. Como prefieras...

Alex se giró lo suficiente para que Merrow y Gabe se pudieran ver.

–Te presento a Merrow O'Connell; es la diseñadora de interiores del proyecto del Pavenham –afirmó–. Merrow, te presento a Gabriel Burke, nuestro contratista.

Merrow miró a Gabe y extendió un brazo. El contratista estrechó su mano.

–Vaya, eres muy alto... –comentó ella.

–Al lado de este enano, sí –respondió Gabe, inclinándose hacia ella–. ¿Te está molestando?

A Merrow le pareció gracioso que Gabe considerara un enano a su amigo. A fin de cuentas, Alex medía un metro ochenta y tres.

–No te imaginas hasta qué punto –respondió.

–¿Quieres que te le dé una lección?

–¿Lo harías?

Alex interrumpió su conversación.

–Si ya habéis terminado de coquetear...

–Me has impresionado, mequetrefe –dijo Gabe con humor–. Cuando éramos niños, no habrías podido cargarla de esa manera.

–Claro que no. Seguro que ya era demasiado grande para mí...

–¡Eh! –protestó Merrow–. Quiero dejar bien claro que tengo el peso ideal para mi altura...

Los dos hombres estallaron en carcajadas y hasta la propia Merrow soltó unas risitas. No podía hacer otra cosa. Pero su aventura con Alex empezaría a parecer algo más serio si no dejaban de encontrarse con sus amigos.

–Encantado de conocerte, Merrow O'Connell –dijo Gabe–. Tengo la sensación de que volveremos a vernos.

Alex se volvió a girar, sacando a Merrow del campo de visión, antes de que pudiera responder.

–Seguro que nos veremos en la fiesta del mes que viene, si es que no nos encontramos antes en el hotel.

–No, dudo que nos veamos en el hotel; como ya no me necesitan allí, me estoy concentrando en el proyecto de las afueras de la ciudad –comentó Gabe–. Tendrá que ser en la fiesta...

–Ash ya habrá vuelto para entonces. Llega el día anterior.

–Sí, lo sé. Hasta luego, Merrow...

–Hasta luego, Gabe.

Alex empezó a andar hacia la plaza Merrion.

–¿Gabe y tú provenís de la tierra de los gigantes guapos?

Él le dio un azote en el trasero.

–Eh, ¿por qué has hecho eso... ?

–Porque has mirado tanto a Gabe que hasta has notado su atractivo.

Ella sonrió.

–¿Ash es su novia?

–No, es mi hermana.

—¿Tienes una hermana?

—Sí, pero está fuera de la ciudad. La conocerás en la fiesta.

Merrow no recordaba que la hubieran invitado a ninguna fiesta.

—¿A qué fiesta te refieres? Puede que yo no quiera ir a una fiesta... de hecho, puede que odie las fiestas.

—Tus amigas afirman que las fiestas te encantan. Pero convendría que en este caso te abstengas de llevar un vestido demasiado provocativo y de bailar encima de las mesas. Es el aniversario de bodas de mis padres.

Merrow no pudo creerlo. Iba a presentarle a sus padres.

—¡Alex, bájame ahora mismo!

—Ya hemos mantenido esa conversación.

Merrow intentó liberarse.

—No voy a ir a ninguna fiesta contigo –afirmó–. ¡Y mucho menos a una fiesta en la que estarán tus padres!

—¿Por qué? ¿Es que rompe otra de tus normas?

—¡Sí!

—Mi padre se quedará fascinado con tus ideas para el Pavenham... pero te recomiendo que no se las vendas como hiciste con Mickey D. Quien, por cierto, también estará presente –le informó–. Tómatelo como una fiesta de trabajo.

Merrow se sintió algo avergonzada por haber pensado que la invitaba a la fiesta para presentarle a sus padres.

—Pero pensarán que soy tu novia...

Él suspiró.

–Relájate un poco, Merrow. Cualquiera diría que no quieres que te vean conmigo.

–No seas ridículo.

El comentario de Alex le había parecido sinceramente absurdo. Salir en compañía de un hombre tan atractivo como él, que además era un Fitzgerald, no arruinaría precisamente su reputación.

–Pues dime cuál es el problema.

–Ya te lo he dicho. La gente pensará que somos pareja, pero no lo somos.

–¿Qué entiendes por pareja?

Merrow decidió elegir las palabras con sumo cuidado, para no dejar ningún cabo suelto. Alex le gustaba cada día más, y no quería decir nada que lo pusiera en duda; pero necesitaba puntualizar que la suya no era una relación amorosa, sino una simple aventura sexual, por tórrida y maravillosa que fuese.

–Tómate tu tiempo. No hay prisa –continuó él.

Ella le pegó un codazo en la espalda y él encogió los hombros de dolor.

–Eres todo un caso...

–Eso ya lo has dicho.

Merrow soltó un suspiro largo y vio que estaban llegando a la casa. Teniendo en cuenta las circunstancias, Alex caminaba muy deprisa.

–Una pareja son dos personas. Merrow. En este caso, un hombre y una mujer –dijo él, aparentemente cansado de esperar una respuesta–. Da igual que duerman juntos. O más bien, que no duerman...

Merrow lamentó haber dicho en su día que no recordaba haber dormido mucho cuando estaba con él. Aquella broma inocente se volvía ahora en su contra. Por lo visto, ella podía ser su peor enemiga.

–Una pareja también pueden ser dos personas que duermen juntas y que, no obstante, quieren conocerse un poco mejor; e incluso dos personas que disfrutan cuando se encuentran. Pero claro, la gente podría pensar que están saliendo juntas... Y corrígeme si me equivoco, pero nosotros no estamos saliendo.

Merrow suspiró. Por fin lo había entendido.

–Exacto.

–Y no estamos saliendo juntos porque lo nuestro sólo es una aventura.

–¡Sí!

Alex tardó unos segundos en volver a hablar.

–Y sólo es una aventura porque no quieres arriesgarte a que te hagan daño otra vez –sentenció–. ¿Verdad, O'Connell?

–Quiero que me bajes ahora mismo, Alex.

–Ya casi hemos llegado.

Merrow pensó que ése era el problema, que no estaban llegando a ninguna parte. Alex era un hombre muy peligroso para ella; si se encariñaba demasiado con él, le haría mucho daño. Pero no se lo podía decir. No, sin darle una explicación larga que no estaba dispuesta a dar.

Se conocía demasiado bien para arriesgarse con Alex. El agua y el aceite no se mezclaban bien.

–Alex, ya no estoy bromeando. Quiero que me dejes en el suelo y quiero irme a casa.

Alex se detuvo un momento. El corazón de Merrow latía cada vez más deprisa.

–¿Eso es lo que quieres de verdad? ¿Huir? –preguntó–. ¿Dónde está la mujer valiente que conozco?

–¿La mujer que conoces? Sólo han pasado diez días desde que volvimos a encontrarnos. En diez días no se llega a conocer a nadie.

–Ni llegaré a conocerte si te empeñas en impedírmelo.

–No saldría bien, Alex.

Alex se detuvo de nuevo y le acarició la parte posterior de los muslos mientras pensaba su réplica.

–Yo detesto esconderme, Merrow.

–¿Y crees que es lo que estamos haciendo? ¿Escondernos el uno del otro?

–Es lo que parece con todas esas normas tuyas. Te niegas a que nos vean juntos, a que salgamos con gente, a que vayamos por ahí... ¿Cómo lo llamarías tú? Ah, sí, demostraciones públicas de afecto –dijo con sarcasmo–. Pero lo llames como lo llames, eso es esconderse. Y yo no soy hombre que se esconda de nada.

Merrow sintió una punzada en el corazón.

–Yo soy un hombre que disfruta de la vida, que sale a comer y a tomar copas, que zarpa con los amigos un fin de semana y acaba en el maldito Festival de las Ostras de Galway –continuó.

Ella se preguntó cómo había conseguido que se sintiera culpable. Al parecer, se había equivocado al suponer que el sueño de todo hombre era mantener una relación sexual sin ataduras ni compromisos emocionales.

–Pero claro, tú no eres de la misma opinión –siguió hablando–. Además, tú creías que lo nuestro era sexo, nada más, y que la atracción desaparecería por sí misma si nos acostábamos lo suficiente. ¿Verdad?

Alex seguía acariciándole los muslos. Lo hacía sin darse cuenta, pero tan cerca de la entrepierna de Merrow que ella empezaba a sentir oleadas de placer.

—Pero no ha sido así —continuó, sin esperar respuesta—. Dime, Merrow... si te llevara al parque que está junto a mi casa, te tumbara en el césped, te desnudara, te besara y te acariciara hasta lograr que hagas esos ruiditos que haces cuando estás excitada, ¿insistirías en que te dejara en paz para poder marcharte a tu casa?

Merrow no fue capaz de mentir:

—No, no querría que me dejaras —admitió.

Alex la dejó finalmente en el suelo. Merrow se apartó la coleta de la cara y miró aquellos ojos marrones con vetas doradas cuyo brillo podía volverla loca. Él le acarició el cabello con suavidad y sonrió.

—Entonces, tenemos dos opciones. Podemos dejar de acostarnos, aunque ni tú ni yo queremos hacerlo, o podemos avanzar un poco más en nuestra relación, mejorarla y convertirla en una especie de aventura pública, por así decirlo.

—¿Mejorarla?

Él asintió y apartó las manos de su pelo para acariciarle las mejillas.

—Sí. Sólo eso. Sin complicarnos más.

Merrow pensó que ya se habían complicado demasiado, pero decidió aceptar el ofrecimiento.

—Muy bien. Supongo que puedo asumir una pequeña mejora.

Él sonrió de oreja a oreja.

–Magnífico. Anda, ven aquí...

Merrow pasó los brazos alrededor de su cuello y le apretó los senos contra el pecho mientras él la abrazaba; pero en lugar de besarla, Alex la meció de un lado a otro, como si estuviera bailando con ella.

Después, apretó la cara contra su sien y le murmuró al oído:

–¿Lo ves? No ha sido tan difícil...

Merrow sabía que se estaba arriesgando con él y que se podían hacer mucho daño, pero no se lo dijo. Prefirió dejarse mecer y que Alex la llevara paso a paso, lentamente, hasta la entrada de su piso.

–Crees que me has atrapado, ¿verdad? –preguntó ella.

La carcajada de Alex resonó en su pecho y Merrow la sintió en los pezones, que se le endurecieron al instante.

–No, todavía no; aunque lo estoy intentando, O'Connell. Pero debo admitir que eres todo un desafío...

Capítulo Seis

Alex alzó la cabeza para mirar el reloj de la mesita de noche, que estaba al otro lado de Merrow, y pensó que se despertaría en cualquier momento.

Había descubierto que Merrow tenía una especie de despertador interior prácticamente infalible; y tras un mes de encuentros sexuales, estaba decidido a mejorar también ese aspecto de sus relaciones.

Su plan consistía en cansarla tanto que su reloj interior dejara de funcionar. Era obvio que hasta entonces no la había cansado lo necesario, porque siempre se levantaba a primera hora, se vestía y se marchaba a casa. No se había quedado en su piso ni una sola vez. Y Alex empezaba a estar cansado, pero no sólo porque aquellos horarios le destrozaran el ritmo de sueño.

La miró, vio que sonreía a pesar de seguir dormida y decidió hacer algo que mantuviera aquella sonrisa en su cara.

Con sumo cuidado, sin levantar ni la más leve brizna de aire, alzó el edredón para tener un poco de espacio. Después, apoyó la cabeza en la mano y contempló su melena rubia, que caía sobre su cara y sobre la almohada. Por una vez, le habría gustado admirar aquella imagen bajo la luz del sol.

Le acarició el brazo con un dedo y suspiró.

Ella gimió, pero siguió dormida.

Alex llevó una mano a su cadera, trazó su contorno y siguió hacia el interior. El cuerpo de Merrow era magnífico, sinuoso, y él lo conocía hasta el extremo de tenerlo perfectamente grabado en la memoria.

Cuando sus nudillos le acariciaron la suave piel de uno de sus senos, ella murmuró algo y entreabrió la boca.

Pero tampoco se despertó.

Descendió por la curva hasta el esternón y le acarició el otro pecho antes de dedicarse al pezón, que se endureció enseguida.

—Mmm...

El gemido de Merrow tuvo una consecuencia inmediata sobre el cuerpo de Alex; se excitó y tuvo que cerrar los ojos durante unos segundos para controlarse y seguir acariciándola. Pero la imagen de lo que iba a suceder, la promesa de hacer el amor, era tan poderosa que no se la pudo quitar de la cabeza; a fin de cuentas, era justo lo que pretendía.

Sólo necesitaba que siguiera dormida un poco más, de modo que cambió el ritmo de sus caricias y lo convirtió en un contacto dulce y sedante.

Cuando la respiración de Merrow volvió a ser regular, bajó la mano hasta su estómago, pasó por encima de su vientre y rozó el vello rizado de su pubis.

—Alex...

Merrow pronunció su nombre en voz tan baja que casi no lo oyó. Alex se preguntó si estaría soñando que la tocaba o si se había despertado y lo animaba a continuar.

Fuera como fuera, le pareció el momento más

erótico de su existencia. Y un segundo después, introdujo la mano entre sus muslos.

Era el sueño más sexy de la vida de Merrow.

Estaba en la frontera del sueño y la vigilia, en un universo de sombras y de caricias imaginadas que hacían que su piel fuera más receptiva y más sensible al contacto que en ningún otro momento. Y se sentía maravillosamente bien.

–Sí...

Sintió que le separaban los muslos y que unos dedos buscaban su feminidad.

En su sueño, ya estaba húmeda; su cuerpo ardía de necesidad y ella anhelaba el juego y la penetración que la llevarían al borde de un abismo al que se arrojaría con abandono.

Notó las caricias que apartaban sus pliegues, abriéndola para poder explorarla de un modo más sutil.

–Sigue...

Su amante imaginario suspiró. Merrow notó su aliento en el hombro y giró la cabeza hacia la fuente de origen; entonces, él le lamió los labios e introdujo un dedo dentro de su sexo.

–Mmm...

La mente de Merrow se debatía entre seguir en aquel sueño o abrir los ojos y mirar al hombre real que la estaba tocando, porque una parte de su cerebro sabía que no eran imaginaciones suyas. Pero se aferró al sueño. Quería seguir en él, aunque sólo fuera un poco más.

El dedo entraba y salía de su interior, y ella arqueaba las caderas hacia arriba cada vez que volvía a penetrarla. Nadie había logrado que se sintiera tan bien. Si era un sueño, era el mejor sueño de su vida; si no lo era, daba igual. De hecho, la simple idea de quedarse sin caricias le pareció tan aterradora que gimió.

–Tranquila –susurró una voz–. Estoy aquí.

Era Alex. Merrow no supo si había dicho su nombre, pero supo que era él.

Estaba tan cerca del orgasmo que ya podía sentir el aumento de tensión, el calor en la parte inferior del vientre, sus músculos interiores atrayéndolo un poco más.

El dedo solitario pasó a ser dos. Ella volvió a gemir y hundió la cabeza en la almohada.

–Alex...

Merrow sintió que se hundía en la realidad del placer, porque ya sabía que no era un sueño.

–Estoy aquí –insistió Alex–. No abras los ojos. Sigue soñando.

Ella arqueó la columna y dejó que sus dedos la llenaran. Su respiración se fue acelerando poco a poco. Aquello no era simple necesidad, no era sólo sexo. Alex le estaba haciendo el amor en su sentido más profundo. Y le faltaba tan poco para llegar al clímax que hizo algo que no había hecho nunca, ni una sola vez: rogar.

–Por favor...

–Dime lo que deseas.

–A ti. Te deseo a ti. Por favor...

Casi no podía respirar, pero Alex la mantuvo en el borde del orgasmo y ella se sintió como si estuviera parada sobre una cuerda tensa que hubieran tendido a cientos de kilómetros del suelo.

–Estoy aquí...

Alex le besó el cuello y Merrow volvió a gemir. Todas y cada una de las terminaciones nerviosas de su cuerpo parecían empeñadas en alcanzar algo que permanecía fuera de su alcance por mucho que se esforzara.

Su amante le acarició el clítoris y ella se estremeció.

Su amante, pensó ella. Y en aquel reino real o imaginario, Merrow supo que Alex merecía esa descripción mucho más que ninguno de los novios que había tenido.

–Alex...

–Estoy contigo.

Él acarició nuevamente su clítoris. Ella se arqueó con fuerza, como la caña de un arco, y nadó en las oleadas de placer mientras cerraba los muslos sobre su mano para alargar la sensación tanto como le fuera posible.

–Oh...

Merrow se estremeció.

–Oh, Alex...

Merrow volvió a arquear la cadera.

–Alex...

Acababa de sentir el orgasmo más intenso de su vida. Había sido tan maravilloso que casi estuvo a punto de llorar cuando Alex sacó los dedos y se apartó.

No sabía cómo era posible que él tuviera un control tan absoluto sobre su cuerpo.

–Y sólo acabamos de empezar –dijo él.

–No creo que pueda volver a hacerlo...

–Sí, claro que puedes.

Merrow pensó que eso no era posible, pero siguió sin abrir los ojos. Ya los abriría más tarde, cuando su corazón recobrara un ritmo normal, cuando pudiera volver a respirar, cuando fuera capaz de estirar los dedos de los pies, todavía doblados.

–¿Has tenido un buen sueño? –preguntó él, con voz ronca–. ¿Tal vez un sueño erótico?

–Oh, sí...

Merrow se lamió los labios. Tenía tanto calor que apartó el edredón con las piernas.

Alex se movió en ese momento. Si ella hubiera tenido la energía necesaria, habría abierto los ojos para mirarlo. Pero quería seguir así.

La cama se hundió un poco y ella se sobresaltó al sentir las manos en sus caderas.

–Súbelas un poco –dijo él.

La petición de Alex sirvió para que abriera los ojos. Y lo encontró arrodillado entre sus muslos.

–¿Qué estás haciendo?

Él sonrió.

–Seguir donde te has quedado en el sueño.

–Tiene que ser una broma...

Como ella no subió las caderas, él introdujo las manos por debajo de sus nalgas y la levantó. Merrow gimió inmediatamente; sabía que, en aquella posición, podría penetrarla más a fondo.

–¿Es que quieres matarme? Pensé que te gustaba...

–Precisamente voy a demostrarte lo mucho que me gustas –afirmó él–. Los actos siempre son más valiosos que las palabras.

Alex alzó las piernas de Merrow y ella las cerró alrededor de su cintura a pesar de que siguió protestando.

–Lo digo en serio, Alex. ¿Qué ocurre? ¿Es que te has tomado algo que...?

Justo entonces, él la penetró.

–¡Ah...!

Alex rió, se inclinó sobre ella y la besó.

–No, no me he tomado nada. Soy yo, sólo yo.

Él retrocedió como si fuera a salir de su cuerpo, pero no lo hizo.

–Verás, Merrow...

Alex la volvió a penetrar.

–He notado que...

Alex volvió a retroceder.

–... no te satisfago lo suficiente.

Alex repitió el movimiento.

–Peso va a cambiar.

–No, no es posible que creas...

Merrow se aferró a sus bíceps. Estaba tan excitada que le clavó las uñas.

–Alex, no puedes creer que...

Alex le mordió el labio y redujo el ritmo. La combinación de sus acometidas y de la presión de su pelvis llevó a Merrow a otro orgasmo, súbito y sorprendentemente profundo.

–¡Alex! –gritó ella cuando vio que no dejaba de moverse–. Si sigues así, vas a tener que llamar a una ambulancia... ¿Cómo has podido pensar que no...?

Alex la besó otra vez, pero con más dulzura, y la miró de tal forma que ella se estremeció.

–Te pasas la vida huyendo de mí, O'Connell.

Ella no dijo nada.

–Nunca te quedas conmigo –continuó–. Y como nunca te quedas, no puedo cansarte lo suficiente.

Merrow comprendió lo que sucedía. Quería dejarla tan sexualmente exhausta que no tendría más opción que quedarse dormida entre sus brazos y quedarse allí, abrazada a su cuerpo, hasta que volviera a despertar.

Alex estaba utilizando la experiencia sexual más impactante de su vida para arrastrarla a algo mucho más peligroso que eso.

Si se quedaba, estaría perdida.

Si le seguía su juego, sería su fin.

Pero Alex aumentó el ritmo de sus movimientos y Merrow se limitó a dejarse llevar. Segundos después, él cambió ligeramente de posición, lo justo para rozar mejor su clítoris; y ella cerró los ojos con fuerza, apretó los dientes y sintió que caía hacia la explosión de un tercer orgasmo.

Permaneció tumbada un buen rato, intentando recuperar el control de las emociones. Cuando por fin lo consiguió, se dijo que no permitiría que Alex se saliera con la suya.

—La perfección no dura nunca, ¿eh?

—O'Connell, mírame.

Ella respiró a fondo y abrió los ojos.

Alex todavía estaba jadeando. Varios rizos de su cabello rubio se le habían pegado a la frente por el sudor. Y la miraba con el ceño fruncido.

Entonces, él se apoyó en los codos, llevó un dedo a uno de los ojos de Merrow y le secó una lágrima.

—¿Es que te he hecho daño? —preguntó—. ¿Ha sido demasiado profundo?

—No, ni mucho menos —respondió ella, con una sonrisa—. Pero es posible que necesite una ambulancia de verdad...

Alex no le devolvió la sonrisa; entrecerró los ojos

y la miró con intensidad, como si no las tuviera todas consigo.

–No me has hecho daño, Alex, te lo prometo. Y por cierto, no me había sentido tan satisfecha en toda mi vida... Un hombre capaz de lograr que una mujer llore de placer, es un hombre que debería sentirse orgulloso de sí mismo.

Alex relajó un poco el ceño, pero no del todo.

–Si has llorado por eso, supongo que me siento orgulloso.

–Sí, sólo por eso –mintió.

Él le apartó un mechón de la cara.

–Yo no estoy tan seguro. ¿De qué tienes miedo, O'Connell?

Si Merrow hubiera sido sincera, habría contestado que su temor se debía precisamente a aquella situación, a lo que había pasado entre ellos.

Pero no lo fue.

–No tengo miedo –afirmó.

Merrow se puso de lado y llevó una mano a la cara de Alex, como si el hecho de tocarlo demostrara que estaba diciendo la verdad.

Le acarició la barbilla y su expresión se suavizó. Era un hombre muy atractivo, y consciente de serlo; pero a pesar de ser arrogante en ocasiones, no abusaba de su don, no pecaba de engreído y no se jactaba de ello.

Por eso era tan peligroso.

–¿Qué excusa vas a darme hoy? –preguntó él–. Sé que no tienes reuniones con clientes, porque hoy trabajas conmigo. Sé que no vas a ver a tus tres mosqueteras, porque hemos quedado con Mickey D. para tomar un café. Y no tienes que poner la lavadora porque ya lo has hecho tres veces esta semana.

—Alex...

—No, dímelo. ¿Cuál es la excusa? Sería mucho más lógico que te quedaras a pasar las noches y que metieras un cepillo de dientes y tal vez una muda limpia de rompa interior en el bolso. Dudo que ocupara mucho espacio...

Merrow sabía lo que eso significaba. Si empezaba por llevarse el cepillo de dientes, terminaría por tener un cajón para guardar su ropa y llenaría la repisa del cuarto de baño con sus maquillajes y cremas.

Estaría atrapada. Y no quería volver a repetir ese error.

—Siempre puedo apelar a Fred –respondió.

—No puedes esconderte detrás de un pez de colores. Es una imposibilidad física.

—Las mascotas son una responsabilidad. Y ya se me murió Wilma...

—Se moriría porque había llegado su momento. Ahora estará nadando en una bañera gigante del cielo de los peces.

Ella rió.

—Mira que eres malo...

—No, tú eres mala –declaró, mirándola a los ojos–. ¿Sabes que no he dormido bien ni una noche desde que empezamos a acostarnos?

Ella reaccionó con sorpresa.

—¿En serio?

Alex movió la cabeza en gesto negativo.

—En serio. Has destrozado mis ritmos de sueño... Me agotas, nos acurrucamos bajo el edredón y enseguida me despiertas, te marchas y cruzas toda la ciudad para asegurarte de que tu casa no ha sufrido un incendio en tu ausencia. Yo me quedo en vela hasta saber que todo va bien, duermo un rato y me despierto excitado y sin nadie que pueda saciar mi deseo. Eso es maldad, Merrow.

Ella soltó una risita y pasó una pierna por encima de su cadera.

—Pobrecito...

—¿Por qué crees que insistí en lo de nuestros desayunos?

—Oh, adoro los desayunos...

—¿Qué dice tu libro de normas sobre la posibilidad de pasar la noche entera con un amante?

Merrow consideró los pros y los contras durante un momento. Él la miró con suma atención y una media sonrisa.

—Dice que la amante debería probar una vez para ver qué pasa —respondió al fin—. Pero también dice que el amante debe recordar que ella tiene su propia vida.

Alex la abrazó.

—Eso no es un problema para mí.

—Si te llevas todo el edredón, me marcharé...

—Si te marchas, te perderás el mejor despertar de tu vida.

Ella se quedó muy quieta durante un rato, acariciándole el cabello. Minutos más tarde, la respiración de Alex se volvió más lenta y supo que se había quedado dormido.

Mientras lo miraba, se preguntó qué estaba haciendo con él. Ya habían roto la norma de evitar las demostraciones públicas de afecto, y ahora se iba a quedar en su piso: su cara sería lo último que viera antes de quedarse dormida y lo primero cuando despertara.

No lo entendía. Siempre había pensado que Alex no quería mantener una relación seria con nadie; pero entonces, ¿por qué se había empeñado?

Merrow intentó alejarse un poco de él, pero Alex gruñó, le pasó un brazo por la cintura y la atrajo hacia sí. Seguramente se habría sentido más cómoda, o por lo menos más tranquila, si no hubiera sido tan perfecto.

Alex volvió a gruñir y se movió lo justo para apagar la luz antes de abrazarla otra vez.

–Deja de pensar y duérmete, O'Connell.

–Pero...

–Lo digo en serio. Puedo oír tus pensamientos.

Al cabo de un rato, el sonido del corazón de Alex y de su respiración pausada lograron que Merrow se sintiera segura. No tenía nada de particular; a fin de cuentas, se había esforzado mucho para agotarla.

Cerró los ojos y pensó que debía resistirse a ese sentimiento de seguridad y que no debía ceder tan fácilmente a sus pretensiones.

Pero al final, se quedó dormida.

Capítulo Siete

—No lo sé. Me gustaba el fucsia.

—Demasiado rosa para tu pelo rubio.

—El dorado era sexy...

—Venga ya. Parecería la estatuilla de los Oscar...

Merrow siguió discutiendo mientras miraba la ropa de su tienda *vintage* preferida. En circunstancias normales, salir de compras con sus amigas y tomar café con ellas era lo más parecido al paraíso que se le ocurría. Sin embargo, su concepto del paraíso había cambiado. Y de repente, encontrar el vestido perfecto se había vuelto más importante que nunca.

Alex le estaba arruinando hasta los vicios.

—¿Qué te parece éste? —preguntó Lisa, enseñándole un vestido azul de estilo años setenta.

Merrow se limitó a encogerse de hombros. No era lo que estaba buscando. Faltaba poco para que asistiera a su primera fiesta con multimillonarios irlandeses, y necesitaba algo muy especial, algo que la hiciera sentirse segura.

Lisa dejó el vestido en su percha y preguntó:

—¿Qué te pasa?

—No me pasa nada.

—Por supuesto que sí. ¿Has discutido con Alex?

Merrow suspiró y el resto de sus amigas se acercaron.

–No, no he discutido con Alex.

Gracie le puso una mano en el brazo.

–Si ha resultado ser como Dylan, dínoslo. Iremos a su casa, abriremos sus armarios y cortaremos su ropa en pedacitos.

Merrow sonrió al imaginar la escena.

–No ha resultado ser como Dylan, os lo aseguro.

–Menos mal... ¿dónde has dicho que iba a estar este fin de semana? No se ha ido a Galway, ¿verdad?

Alex no se había marchado a Galway, pero la mención de aquel sitio tampoco contribuyó a tranquilizarla. Era el primer fin de semana en más de un mes que no iban a estar juntos, y ya lo echaba de menos; pero se dijo que era culpa suya: se había acostumbrado a su compañía porque ahora se quedaba los viernes, los sábados y un par de días laborables en su piso. Incluso había llevado un cepillo de dientes y ropa interior.

–Se ha marchado al norte en su barco –respondió–. Pero volverá mañana por la noche.

–Ahora comprendo que esté tan moreno –comentó Lou–. Lo único que pasa es que lo echas de menos... te sentirás mejor cuando haya vuelto.

Merrow alzó los ojos, desesperada. Hasta sus amigas se habían dado cuenta. De haber podido, habría encerrado a Alex en un bolso. En uno muy pequeño.

–Haz caso a Lou. Sabe de lo que habla –dijo Gracie, moviendo su rubia cabellera.

–Sería normal que te enamoraras de él –intervino Lisa–. Está para comérselo...

El resto de las mosqueteras asintieron.

Merrow caminó hasta otro perchero de ropa y dijo:

—Enamorarme de él sería absurdo. La relación de una O'Connell y de un Fitzgerald no puede terminar bien.

—¡No digas eso!

—¿Por qué no puede terminar bien? Y no me vengas con que es demasiado bueno para ti, por favor...

—No, no se trata de eso. No tiene nada que ver con nosotros.

—Si no tiene que ver con vosotros, ¿cuál es el problema? Hasta donde sabemos, vuestra relación no forma parte de un trío; sólo estáis él y tú.

—No mantenemos ninguna relación. Es sexo, nada más.

—Tonterías...

Merrow dejó un vestido que le había llamado la atención y se giró hacia sus amigas.

—Escuchadme un momento —declaró—. Me conocéis y conocéis a mi familia... ¿de verdad creéis que yo encajaría en la dinastía de los Fitzgerald? Y no me vengáis con excusas. Sabéis perfectamente que una relación seria implica mezclar a las familias. En algo que no se puede evitar.

Sus tres amigas la miraron en silencio durante unos segundos. Pero no fue por lo que había dicho, sino por su tono; sus palabras tenían un fondo de desesperación.

Lisa, que siempre había sido la más sincera y tajante de todas, inclinó la cabeza y arrugó la nariz mientras miraba hacia el techo.

—Bueno, debo admitir que sería una boda muy... interesante.

Merrow suspiró.

–Por fin encuentro a alguien que me entiende. ¿Os imagináis a mi madre con Arthur Fitzgerald? Sería ridículo. Él le hablaría sobre premios internacionales de arquitectura y ella soltaría algún discurso sobre el arte del yoga tántrico.

Una de sus amigas soltó una carcajada, pero otra le pegó un codazo y cortó su risa en seco.

–No sería tan grave –declaró Lisa–. Interesante, sí, sin duda; pero no tan malo como lo imaginas...

–Lo sería –insistió.

–Estás preocupada porque vas a conocer a sus padres. Eso es todo, aunque nadie puede culparte por ello.

–No me preocupa conocerlos. Todos los días me presentan a alguien. ¿Sabéis lo que me preocupa de verdad? Que resulten ser tan maravillosos como Alex.

Merrow vio un vestido que le gustó y se alejó hacia él. Lisa la siguió.

–Sí, comprendo que eso sería preocupante... –ironizó–. Merrow, nunca te había visto tan alterada; ni siquiera cuando te enteraste de lo de Dylan. Pero aunque no estés dispuesta a admitirlo, creo que ese hombre es perfecto para ti.

–Sí, claro.

Merrow se acercó a un espejo y se puso el vestido contra el cuerpo. Era justo lo que estaba buscando. Pero sonrió con tristeza.

–Ése es exactamente el problema.

***

Alex se acercó al final del embarcadero, se giró hacia el mar, sacó el móvil y se preguntó si debía llamar a Merrow.

Era una decisión muy sencilla; sólo tenía que marcar unos números y escucharía su sexy y famosa voz telefónica, pero tenía miedo de romper alguna de sus normas ridículas y de asustarla. Ya había conseguido que se quedara a pasar las noches en su piso. Ir más allá, sería arriesgarse demasiado.

Estaban jugando al ratón y al gato. Un juego peligroso, especialmente porque Alex sabía que Merrow era una de las pocas mujeres del mundo que odiarían la forma de vida de los Fitzgerald. Pertenecer a su familia implicaba ciertas responsabilidades, cierto sentido del deber, y una presencia pública que le resultaría irritante a alguien tan independiente como ella. Pero a pesar de todo, estaba deseando que conociera a sus padres. Merrow provocaría un terremoto en su familia.

Alex sonrió, volvió a mirar el teléfono móvil y decidió probar suerte. La echaba mucho de menos.

–¿Dígame?

–Hola, O'Connell...

–Hola, capitán...

Alex rió.

–Qué graciosa. ¿Has salido con tus mosqueteras?

–Sí. Estuvimos de compras, fuimos a comer algo y ahora vamos a tomar unas copas por ahí. Lisa quiere que hagamos algo travieso.

Alex empezó caminar por el embarcadero. Los tablones de madera se hundían levemente bajo sus pies.

–¿En qué tipo de travesuras está pensando?

–Ah, eso no te lo voy a decir...

Alex sufrió un acceso de celos al recordar su primera noche con ella, cuando salió con sus amigas a hacer travesuras por Galway. Sin embargo, disimuló. A Merrow le disgustaría que se mostrara posesivo.

Justo entonces, lo llamaron desde el otro extremo del muelle.

–¡Eh, Alex! ¿Te apetece una cerveza?

Alex asintió y tapó el móvil un momento para responder.

–Vale, tú pagas la primera ronda y yo, la siguiente.

Cuando volvió a llevarse el teléfono a la oreja, Merrow declaró:

–Parece que no soy la única que va a ser traviesa...

–El club náutico da una fiesta para las tripulaciones. Supongo que me mantendrán ocupado toda la noche... he decidido llamarte ahora porque no sé si después podré.

Merrow se quedó en silencio un momento. Alex sonrió al notar el tono alegre que siempre adoptaba cuando intentaba disimular sus sentimientos.

–Que te diviertas. Ya me has hablado de lo bien que te lo pasas en esas fiestas cuando sales a navegar.

–No tienes nada de lo que preocuparte.

–No es necesario que te justifiques, Alex.

–Claro que lo es.

Merrow volvió a callar. Alex se detuvo y dijo:

–Yo no soy Dylan.

–Lo sé. Y por cierto, Dylan no fue tan importante para mí como crees.

Alex se quedó confundido. Por una parte, le alegraba saber que su ex novio no había sido tan determinante en la vida de Merrow; pero por otra, le generó una duda de cierto calado: siempre había supuesto que Dylan era el motivo de que Merrow se negara a mantener relaciones serias. Si no era por él, había algo más.

—Entonces, ¿qué fue ese tipo para ti?

—Un error.

—Pero te engañó...

Ella suspiró.

—Sí, me engañó. A decir verdad, me engañó cada vez que supuestamente se marchaba con sus amigos a jugar al fútbol. Y yo, entre tanto, me quedaba en casa... —le explicó—. En fin, ahora ya sabes todo lo que hay que saber.

—Eso demuestra que era un cretino —afirmó—. ¿Vivíais juntos?

—Sí. Pero no quiero hablar más de eso.

Alex pensó que debía llamarla por teléfono con más frecuencia. Había conseguido más información con una llamada telefónica que durante un mes de compartir cama con ella. Pero decidió no presionarla.

—¿O'Connell?

—¿Sí?

—Sabes que yo no te voy a engañar, ¿verdad?

—Alex...

—Los gigolós como yo tendemos a dedicar nuestros esfuerzos a una sola amante —bromeó—. Sobre todo cuando esa amante nos mantiene completamente ocupados.

Ella gruñó.

—Pero ahora no estoy contigo y no podré mantenerte ocupado. Estoy aquí, sin nadie que me haga el amor...

–¿Insinúas que me echas de menos?

–Sí, tanto como a un sarpullido.

–Mentirosa...

Merrow rió.

–¿Cuándo vuelves?

–Mañana, hacia las ocho... o tal vez algo más tarde. Pasaré por tu casa y me podrás presentar a tu amigo Fred.

–Mi casa no te gustaría. ¿Por qué no me llamas cuando llegues? Iré a buscarte a tu piso –declaró.

–No sabes si tu casa me disgustaría... sólo lo dices porque no quieres que vaya. Temes que te conozca mejor cuando la vea.

–Ya me conoces bastante, Alex... No tiene nada que ver con eso. Eres arquitecto y te gustan las cosas elegantes. Mi casa te provocaría un dolor de cabeza.

–¿Por qué no dejas que lo juzgue yo?

–Si sé que vas a ir a mi casa, me sentiré obligada a limpiar e incluso a pasar la aspiradora –respondió–. Soy muy desorganizada. Tengo un temperamento artístico... y cuando llegaras, estaría tan agotada que no podría hacer nada más.

Alex pensó que su temperamento no era artístico, sino protestón.

–No quiero ir a tu casa para analizar la decoración. Mientras tenga una cama, me parecerá bien. Incluso llevaré comida de encargo para calentarla después en el microondas... si es que tienes microondas, claro.

–Claro que tengo.

–Entonces, te llamaré cuando llegue para que me des la dirección.

Merrow no dijo nada, de modo que Alex adoptó su tono más persuasivo.

–A estas alturas me conoces de sobra, O'Connell. Quiero verte. Y si para verte tengo que pasar por el despacho, buscar tu dirección en los archivos y sentarme después en el bordillo de la acera hasta que te apiades de mí y me abras la puerta, eso será exactamente lo que haga. Si cedes ahora, ahorraremos tiempo.

–A veces eres insoportable...

–¿Lo ves? Me tienes calado.

Alex esperó una repuesta. Casi podía ver su ceño fruncido y oír sus golpecitos nerviosos con el pie.

–Está bien, pero no hace falta que traigas comida. Prepararé algo.

Él sonrió, triunfante.

–Como quieras. Ah, y no te excedas en las travesuras con tus mosqueteras... no me gustaría tener que pasar por comisaría a recogerte.

–Ja, ja –dijo ella.

–¿O'Connell?

–¿Sí, Alex? –preguntó, resignada.

–Yo también te echo de menos.

–¿Son tus padres?

Merrow se encogió mientras echaba los ingredientes de una ensalada griega a un bol. Alex la besó apasionadamente en cuanto llegó, y todavía podía sentir su sabor a mar; pero cuando ella entró en la cocina, él aprovechó la ocasión para deambular por el pequeño apartamento y observar cada libro, cada objeto decorativo y, naturalmente, cada fotografía.

Se giró hacia él y lo miró.

–Sí, son mis padres.

–¿Cuántos años tenías?

–¿Llevo un mono de color verde chillón?

–Sí, exageradamente chillón, y una especie de camiseta rosa. Menos mal que tu gusto con la ropa ha mejorado...

–A los seis años, ese tipo de combinaciones te parecen divertidas.

Merrow prefirió no mencionar que sus compañeros de clase no estaban de acuerdo. Le dedicaban epítetos nada cariñosos por su forma de vestir.

–¿Dónde estabais? ¿En una cabaña? ¿De vacaciones?

Ella suspiró.

–No, ésa era nuestra casa. Mis padres siguen viviendo en ella, aunque la ampliaron hace tiempo –explicó.

Alex frunció el ceño, sorprendido. Era evidente que procedían de mundos distintos.

–¿Dónde está?

–En la península de Dingle –respondió, mientras echaba aceitunas a la ensalada–. En la zona menos turística.

–¿Y a qué se dedican?

Merrow lo maldijo para sus adentros. Estaba orgullosa de sus padres; ellos la habían convertido en una mujer independiente, fuerte y segura y no se avergonzaba de lo que hacían, pero ese asunto le recordaba su adolescencia, una época particularmente infeliz de su vida.

Carraspeó y respondió:

–Tienen un centro vacacional.

Alex dejó la fotografía en su sitio.

–Ah, esa zona es magnífica para los deportes acuáticos. Los vientos son perfectos para el windsurf...

–Bueno, no es un centro turístico normal –explicó ella, buscando una forma de explicarlo–. Es una especie de... lugar de descanso.

Alex la observó con interés.

–Has despertado mi curiosidad.

Merrow apretó los labios, frunció el ceño y aliñó la ensalada.

–Te dije que procedemos de mundos muy diferentes...

–Y no entendí lo que querías decir. ¿Podrías explicármelo?

Ella lo miró y se humedeció los labios con la punta de la lengua. Alex llevaba unos vaqueros desgastados y un polo de color azul oscuro; como había pasado todo el fin de semana en el mar, su cabello parecía más rubio que nunca y su piel, más morena. Estaba arrebatador. Y lo había echado tanto de menos que su corazón pegó un respingo en cuanto le abrió la puerta de la casa.

Pero la situación avanzaba hacia el desastre. Procedían de mundos tan distintos que él no se resistiría a la tentación de burlarse de ella y ella lo acusaría de ser un esnob. Luego haría algún chiste pesado a su costa, como los que había soportado durante su adolescencia, y sería el principio del final.

Alex arqueó las cejas, esperando una contestación.

Merrow suspiró.

–Dirigen un centro de terapia sexual. Las parejas van allí para aprender técnicas, meditación, yoga... esas cosas. Mi madre es maestra tántrica.

La expresión de Alex no varió en absoluto. Merrow esperó a que dijera algo, y como se mantenía en silencio, estuvo a punto de tirarle la ensalada a la cabeza. Pero por fin, habló.

–Comprendo.

Ella entrecerró los ojos.

–¿Comprendes? ¿Eso es todo lo que tienes que decir?

–Bueno, puede que necesite un par de minutos para asumirlo...

Merrow pensó que todo estaba perdido. Alex ya habría adivinado el tipo de educación que había recibido y el contexto en el que se había criado. En cuestión de segundos, llegaría a la conclusión de que su relación no tenía ningún futuro. Y al final, decidiría que mantener una simple aventura era la mejor solución para ellos.

Por fin, después de todo lo que había sucedido, Merrow se saldría con la suya. Pero curiosamente, no le alegró.

–Bueno, debo reconocer que me he quedado en blanco cuando has mencionado lo de la terapia sexual –confesó él, con una sonrisa–. Pero sólo porque he pensado que nosotros no necesitamos ninguna terapia...

–Ni yo lo estaba sugiriendo –espetó.

–Me parece un trabajo muy interesante. ¿Por qué no me cuentas más?

Merrow lo miró con asombro. No esperaba esa salida.

–Estás bromeando, ¿verdad? O eso, o lo de la terapia sexual te ha excitado.

–O'Connell, estoy excitado desde que he bajado del coche y he llamado a tu puerta. Esta conversación sólo alimenta ligeramente mi imaginación, que como bien sabes, ya está bastante desarrollada.

Merrow se quedó estupefacta.

–¿Es que no te importa?

Alex la miró sin entender nada.

–¿Por qué habría de importarme? Como mucho, el trabajo de tus padres explica que no tengas ni las inhibiciones ni los prejuicios sexuales de algunas mujeres. Tuviste muchísima suerte. Seguro que tus padres te animaron a hablar con franqueza sobre cualquier asunto... por eso eres tan segura como eres. Recuérdame que les dé las gracias cuando me los presentes.

Merrow pensó que no tenía ninguna intención de presentárselos, pero Alex se inclinó sobre ella y añadió, en voz baja:

–Dime más cosas de esos masajes sexuales.

–Alex, no vas a conocer a mis padres.

–Bueno, no estoy sugiriendo que vayamos a verlos ahora mismo...

–No vas a conocerlos –insistió–. Nunca.

Alex apartó la mirada de repente, y su expresión se volvió tan triste y distante que Merrow se arrepintió de lo que había dicho e intentó volver a la situación anterior.

Se acercó a él, le puso una mano en el brazo y dijo, en tono de broma:

–Vamos, Alex... Los ligones no quieren conocer a los padres de sus amantes.

–¿Es otra de tus normas?

–Sí, por supuesto que sí –respondió, cerrando los brazos alrededor de su cintura–. Pero creo que puedo hacer algo sobre esos masajes sexuales que tanto te interesan.

Él entrecerró los ojos.

–¿Cuánto tiempo vamos a seguir así, Merrow?

La sonrisa de Merrow se esfumó.

–¿Así? ¿Cómo?

–Fingiendo que entre nosotros no hay nada importante. Comportándonos como si no supiéramos que lo nuestro es mucho más que una aventura sexual.

Merrow lo soltó y retrocedió.

–¿Lo ves? Ya estás huyendo, como siempre –continuó él–. No lo entiendo. En serio. Pensé que tenías miedo de dejarte llevar porque ese tipo, Dylan, te engañó y te partió el corazón; pero cuando hablamos por teléfono, me confesaste que no había sido tan importante para ti.

–Es cierto, no lo fue. No estaba tan enamorada de él. Simplemente... me decepcionó. Y supongo que también me sentí algo humillada porque no sospeché lo que estaba haciendo, pero nada más.

Alex asintió.

–No confías en mí, O'Connell. Ahora mismo, por la expresión de tu cara, sé que no querías que supiera lo de Dylan.

Merrow intentó defenderse.

–No quería que lo supieras porque no tiene nada que ver con nosotros.

–Pues entonces, ¿cuál es el problema? ¿Por qué te niegas a asumir lo que sentimos el uno por el otro? –preguntó.

Por primera vez en mucho tiempo, Merrow no supo que decir. Sólo sabía que Alex era extremadamente peligroso para ella; si le dejaba entrar en su mundo, podría hacerle más daño que ninguna otra persona en toda su vida. Pero en ese momento no podía usar el sexo para evitar sus preguntas. Él estaba demasiado distante. Y ella, más angustiada de lo que quería reconocer.

Al ver que Merrow se negaba a responder, Alex frunció el ceño.

–Muy bien, como quieras. Avísame cuando estés dispuesta a decirme lo que te pasa. Sabes dónde encontrarme.

Alex alcanzó la chaqueta, que había dejado en el respaldo del sofá, y la agarró con tanta fuerza que los nudillos se le pusieron blancos.

Merrow lo miró con asombro. Se iba a marchar.

–Pensé que estábamos de acuerdo en que no buscábamos nada serio...

Él inclinó la cabeza de un modo que enfatizó el sarcasmo de su voz.

–¿Ah, sí? ¿Cuándo me he mostrado de acuerdo con tus normas?

–Alex, yo...

Alex la interrumpió con tono seco, como si se estuviera mordiendo la lengua para no decir algo más grave.

–Deberías haberme dado una copia de tus normas cuando empezamos a acostarnos. Al menos lo habría sabido y ahora no me sentiría condenado a hacer malabarismos para evitarlas.

Alex sacudió la cabeza, se pasó una mano por la cara y sentenció:

–Estoy cansado, O'Connell, cansado de jugar un juego que no entiendo y en el que no puedo ganar. Eso es todo. Pero en fin, ya he dicho todo lo que te podía decir... si quieres hablar conmigo, sabes dónde encontrarme.

Capítulo Ocho

Merrow le hizo pasar cinco días infernales. O a Alex se lo pareció. Se había acostumbrado tanto a ella que ya ni siquiera podía esconderse en el trabajo.

Cuando apareció en el Pavenham para asistir a su reunión semanal con Mickey D., Alex tuvo que echar mano de todo el aplomo de los Fitzgerald. Estrechó la mano de su cliente e invitó a Merrow a poner los bocetos en el nuevo mostrador de recepción, entre las fotografías y los planos que él ya había dispuesto allí. Después, adoptó una voz tranquila y profesional y empezó a hablar sin dirigirle una sola mirada.

Ya le había echado una cuando llegó, y había sido suficiente.

No era sólo que Merrow se hubiera puesto una de esas minifaldas que lo volvían loco. Además, la había conjuntado con unos leotardos que se ajustaban maravillosamente a sus largas piernas, una blusa de cuello redondo que dejaba ver su estómago cada vez que se movía y unos zapatos de tacón alto que terminaban en una franja del mismo color de la blusa, dorado pálido.

Incluso se había hecho un peinado alto, dejándose un mechón que le caía sobre el lado izquierdo de la cara. Estaba tan bella que Alex deseó soltarle el pelo, introducir los dedos por debajo de su blusa y desesperarla a base de caricias.

Sin embargo, Merrow no estaba más cómoda que él. Cuando hablaba con Mickey, tenía que hacer un esfuerzo por concentrarse en el trabajo. Alex se encontraba a menos de un metro de ella, con expresión imperturbable, y le pareció más guapo que nunca; llevaba un traje de lino, de tono algo más claro que sus ojos, y una camisa blanca, sin corbata, que enfatizaba el moreno de su piel y le daba un aspecto encantadoramente informal.

Lo encontró tan sexy que lo odió con todas sus fuerzas. Y cuando lo miró de nuevo, la lengua se le trabó y tuvo que carraspear para seguir hablando.

Mickey D. miró los planos, cruzó los brazos sobre el pecho y observó con atención a la pareja.

—Noto cierta tensión —dijo.

—¿Tensión? No, el proyecto va muy bien —afirmó Alex.

—Ya hemos empezado a pintar el piso bajo —explicó Merrow.

Mickey asintió lentamente.

—Sí, ya lo sé, pero percibo que hay algún tipo de problema en mi equipo. Y creo que deberíamos solucionarlo.

Alex apretó los dientes. Merrow miró a Mickey y el músico sonrió un momento, volvió a asentir y añadió:

—Huelo una relación romántica a varios kilómetros. Cuando os hayáis casado tantas veces como yo, también lo notaréis.

—Eso no tiene nada que ver contigo —afirmó Alex.

–Pero una plantilla feliz es una plantilla productiva, mi querido amigo. Cuando algún miembro de mi grupo se enamoraba, su creatividad aumentaba de forma portentosa. Tenéis que hablarlo. Hacedme caso. Sé que no queréis escucharlo, pero...

–Mickey... –dijo Alex, con tono de advertencia.

–No hay nada que decir –intervino Merrow.

–No deberíais mentir a un cliente.

Merrow se giró hacia Alex y lo miró con desesperación, como pidiéndole ayuda; pero Alex se encogió de hombros y apartó la mirada.

–Lo siento, Merrow, yo no soy quien establece las normas aquí.

–¿Cómo que no? Estableciste una hace tiempo. Aquélla sobre lo que se podía o no se podía hacer delante de un cliente...

Mickey los interrumpió.

–Dudo que podáis decir o hacer algo que me sorprenda. Podría contaros historias que os pondrían el pelo de color gris.

Alex sonrió, pero su sonrisa desapareció cuando Mickey dijo:

–¿Qué vas a hacer, amigo? Por experiencia propia, sé que las mujeres siempre piensan que la culpa es del hombre.

–No lo sé. Si tienes respuesta a esa pregunta, es que eres más listo que yo.

–Ah, ya veo. No te funciona el viejo radar físico, ¿eh?

–No demasiado.

–Ya basta –protestó Merrow–. Podéis seguir hablando de vuestras cosas si os apetece, pero yo me voy. Estoy muy ocupada.

–Ya te dije que era toda una mujer, Alex.

–Sí, lo dijiste, Mickey.

Merrow apretó los labios, irritada.

–Me voy.

–Me temo que no. Yo soy el jefe y digo que te quedas. Los problemas dificultan el trabajo en equipo, y no lo voy a permitir. Además, la vida es demasiado corta.

–Pero...

–Voy a salir a fumar un cigarrillo y a hablar con mi productor sobre mi gira por Estados Unidos. Vosotros os vais a quedar aquí y vais a discutir el asunto durante media hora como poco. Y espero resultados. Vuestros malos rollos podrían influir negativamente en la decoración de mi querido hotel.

Mickey les guiñó un ojo y se marchó.

Alex y Merrow permanecieron en silencio durante un rato, sin saber qué hacer.

–No puedo creer que se lo hayas dicho –dijo ella–. ¿Qué ha pasado con la famosa ética de Fitzgerald e Hijo?

–La culpa la tienes tú. No se puede decir que te hayas dado mucha prisa en hablar conmigo...

–Ni que tú me lo hayas puesto fácil.

–Sabías dónde encontrarme.

–¡No soy yo quien ha cambiado las normas!

–¡Tal vez sería más fácil si me explicaras qué normas son ésas!

Era la primera vez que se levantaban la voz, y los dos lo sabían. El aire se cargó de electricidad. La situación era tan tensa que Alex suspiró, sacó las manos de los bolsillos y decidió poner en marcha su plan.

–Podemos solucionar el problema, Merrow.

–Yo no he empezado.

–No, ya lo sé, ha sido nuestro cliente –espetó–. Y si hasta un cliente nota que tenemos un problema personal, es que tenemos un problema muy grave.

–Podrías haberlo negado...

–Mickey D. es muchas cosas, pero no un estúpido. Además, tiene razón. O encontramos una forma de solucionarlo, o tendremos que cambiar la forma de trabajar hasta que terminemos el proyecto.

–No puedes despedirme –afirmó, alzando la barbilla.

–No tengo intención de despedirte. Eres una mujer de gran talento y estás haciendo un trabajo magnífico –afirmó, sin levantar la mirada de los planos y bocetos–. Esto no tiene nada que ver con tu trabajo, sino con nosotros. Y si no encontramos una solución, tendremos que mantener las distancias.

–No sé cómo solucionarlo, Alex.

Alex la miró a los ojos.

–¿Pero quieres solucionarlo?

–¿Sinceramente? Preferiría no quererlo. Creo que todo sería más fácil.

–¿Por qué?

Ella apartó la vista. Era obvio que se debatía por dentro.

–Habla conmigo, O'Connell... cuéntame lo que te pasa.

–No sabría por dónde empezar.

–¿Te ayudaría que te cuente lo que siento?

Merrow lo miró, pero no dijo nada.

–He estado pensando. Eso es lo que pasa cuando no me das las respuestas que necesito... tengo que buscarlas por mi cuenta –continuó–. Haremos una cosa. Te diré lo que creo y tú me sacarás de mi error si me equivoco.

Merrow siguió mirándolo.

Alex frunció el ceño y siguió adelante.

–Creo que el problema tiene algo que ver con lo que soy.

–¿Con ser un arquitecto?

Alex se metió las manos en los bolsillos.

–No, no eso no. Con ser un Fitzgerald.

Merrow estuvo a punto de derrumbarse. Lo había adivinado. Tal vez, hasta lo había sabido desde el principio.

–Sí, es por lo que soy, no por quién soy. Pero las dos cosas van juntas. No puedo cambiarlo, O'Connell. No podría aunque quisiera.

–Ni yo te lo pido.

–Lo sé, pero tampoco lo olvidas –puntualizó–. Sin embargo, comprendo que mi contexto familiar te disguste. Implica ciertas responsabilidades y es verdad que puede ser una carga muy pesada.

El discurso de Alex empezaba a avanzar por caminos inquietantes para Merrow, pero decidió esperar y dejar que se explicara.

–La mujer que comparta mi vida no sufrirá problemas mediáticos como los paparazzi y cosas así, pero tendrá las mismas responsabilidades y deberes que el resto de los Fitzgerald. Habrá manos que estrechar, fotógrafos ante los que posar y todo un legado que mantener. No es un trabajo fácil. Siempre he sabido que...

A Merrow se le encendió una lucecita en la cabeza.

–¿Por qué no es fácil? ¿Porque te sientes atrapado en tu propia vida?

Alex sonrió.

–Me siento muy cómodo en mis zapatos. Yo siempre he sabido lo que se esperaba de mí, y me gusta; pero a mi hermana, no. Si llegas a conocerla y desarrolláis la confianza suficiente, es posible que ella misma te lo cuente.

–¿Por eso te importa tanto el Pavenham? ¿Porque quieres hacer algo a la altura del apellido de tu familia?

Alex sonrió con tanta tristeza que Merrow sintió una punzada en el corazón.

–Ah, en eso estás cerca de la verdad –respondió–. Tengo un objetivo profesional... ¿has visto la placa que está en el edificio de la plaza Merrion?

–¿La de Fitzgerald e Hijo?

–Exactamente. Pues bien, estoy decidido a que la segunda parte, «e Hijo», desaparezca antes de finales de año.

Merrow sonrió.

–¿Y por qué es tan importante para ti?

Alex soltó una carcajada.

–Puede que te parezca una tontería...

–Explícamelo.

Él se apoyó en el mostrador y cruzó los brazos.

–Cada generación de los Fitzgerald añade su parte a la historia familiar. Mi padre fundó la empresa y se hizo famoso como arquitecto. Yo no intento robarle lo que consiguió ni demostrar que puedo estar a su altura; simplemente creo que la empresa debe crecer y ampliar sus mercados. Si quito la segunda parte de la placa y alguna vez me convierto en padre, mis vástagos no se verán obligados a añadir un «e Hijo» o «e Hija» al apellido. Con Fitzgerald, bastará.

La mirada de Alex se volvió más cálida, al igual que su sonrisa.

—Así, todos formarán parte de ello. Puede que no pase a los anales de la historia por tomar esa decisión, pero me parece lo correcto.

—Y el éxito del Pavenham te ayudaría a convencer a tu padre, claro.

—Sabía que te parecería una tontería...

Ella sonrió y lo miró por debajo de sus largas pestañas.

—No, no me parece una tontería, ni mucho menos. De hecho, te confieso que me siento ligeramente orgullosa de ti.

Los ojos de Alex brillaron.

—Vaya. Muchas gracias, señorita O'Connell...

—De nada, señor Fitzgerald...

—Bueno, volvamos a nuestro problema. Porque Mickey D. regresará en cualquier momento...

Alex caminó hacia ella. Merrow esperó; su pulso se había acelerado.

—Creo que tú y yo compartimos algo muy valioso.

—Yo también lo creo.

—Ambos sabemos que no hay garantía alguna de que termine bien. Aunque no existieran dificultades externas...

—Sí, lo sé.

—Tendremos que ver adónde nos lleva, pero eso implica que los juegos se han acabado. Ya no seremos sólo un par de amantes.

–¿Por qué no? –preguntó él–. Me gusta ser tu amante...

–Y a mí, ser la tuya. Pero sabes que no me refiero a eso.

–Sí, ya lo sé. Sin embargo, no podré ayudarte con tus problemas con mi familia si no me dices lo que sientes. No quiero que cambies tu forma de ser, O'-Connell. No quiero que cambies por nadie, y mucho menos por los Fitzgerald.

Merrow tomó aire, cerró los ojos y suspiró.

–El de tu familia no es el único problema.

Él frunció el ceño.

–Ah, claro, también está la tuya –dijo él–. Tendrás que ayudarme con eso...

–¿Cómo lo sabes? Todavía no los conoces...

El la miró con humor.

–¿Todavía? Dijiste que no me los presentarías nunca.

–¿Y por qué crees que lo dije?

–Lo desconozco. ¿Es que están mentalmente desequilibrados o algo así?

Merrow hizo una mueca de disgusto.

–Sobre ese aspecto hay muchas opiniones.

–Descuida. Llevo tanto tiempo contigo que ya me lo había imaginado –ironizó.

–Qué gracioso eres –protestó–. Pero no tienes ni idea, Alex... mi familia podría destrozar la reputación de los Fitzgerald.

–Lo dudo.

Merrow rió.

–Pues no lo dudes.

–Está bien, explícate...

Alex se metió las manos en los bolsillos.

–¿Sabes que te pasas la vida con las manos en los bolsillos? Cualquiera diría que no sabes qué hacer con ellas...

–Me las meto en los bolsillos por no tocarte.

–No recuerdo que mi contacto te moleste.

Alex sacó una mano, comprobó la hora en el reloj y dijo:

–Mickey D. volverá dentro de diez minutos, y pienso dedicar cinco de esos diez minutos a besarte apasionadamente. Así que date prisa y explica lo que tengas que explicar. No me cambies de conversación.

–Mis padres son muy liberales. Ni siquiera están casados.

–¿Y cuál es el problema? Si crees que entre los Fitzgerald no hay gente que tenga hijos sin estar casados, te equivocas.

–Ya, pero tu familia tiene responsabilidades políticas e industriales, si no recuerdo mal...

–Sí, en efecto. Tenemos un primer ministro, un ministro y un presidente, además de varios directores generales de empresas.

–Pues ése es el problema. Para mis padres, tu familia es lo más parecido al mal absoluto. Y como son tan sinceros, se lo dirán tranquilamente.

Alex rió.

–Bueno, voy a sacarme las manos de los bolsillos.

–No, todavía no, Alex. Tienes que entenderlo. Mezclar a nuestras familias sería como desencadenar una explosión atómica.

–¿Eso es todo? ¿Eso es lo que tanto te preocupa?

–¡Maldita sea! –exclamó, frustrada–. ¡Si seguimos adelante, llevarás la anarquía al centro de tu propia familia! El asunto terminará en las portadas de los periódicos, y los Fitzgerald sufrirán un golpe muy duro a su reputación.

–Hemos sobrevivido a escándalos peores.

–No, no. No puedo hacerte eso, Alex. No quiero hacerte daño. Adoro a mis padres, los quiero con toda mi alma, pero tú también me gustas y yo....

Alex se acercó y la tomó entre sus brazos.

–Basta ya, O'Connell, deja de darle tantas vueltas. Te estás preocupando inútilmente, por algo que todavía no ha sucedido.

–Pero sucederá, y tenemos que estar preparados por si...

Alex le puso un dedo en los labios.

–Cállate un momento, por favor.

Ella frunció el ceño y él sonrió de forma deliciosamente sexy.

–Ahora te voy a besar, aunque sólo sea para que no sigas hablando. Pero antes, tendrás que escucharme un momento. Porque voy a establecer una norma.

–Pero si odias las normas...

–No, sólo odio las normas que desconozco –puntualizó mientras le acariciaba la mejilla–. No volveremos a preocuparnos por ese asunto. Este fin de semana vas a conocer a mi familia; y el que viene, iremos a tu casa y me presentarás a la tuya.

–El fin de semana que viene es el cumpleaños de mi madre.

–Mejor que mejor. Pero entre tanto, tú y yo nos vamos a olvidar de nuestras familias y vamos a empezar de nuevo. Saldremos a cenar, veremos a nuestros amigos, iremos al cine, pasearemos, nos tumbaremos en el sofá y veremos películas en el televisor.

Sin embargo, hay algo que no vamos a hacer: acostarnos.

Merrow lo miró con perplejidad.

—Ese plan apesta...

Alex rió.

—Sí, lo sé, pero antes nos saltamos los preliminares y creo que debemos recuperar el tiempo perdido. Aunque eso no significa que no nos podamos besar...

Alex le dio un beso leve, como para demostrarlo, y Merrow suspiró cuando se apartó de ella.

—También podemos acariciarnos, pero sólo hasta cierto punto —continuó—. Ah, y las demostraciones públicas de afecto estarán permitidas. Pero nada más. Hablaremos de nuestras cosas, de las cosas que nos gustan y que nos divierten, de lo que nos vuelve locos y de lo que nos apasiona.

—Tú me apasionas.

Él le dedicó una de sus sonrisas irresistibles y ella apretó las piernas contra él.

—Juega limpio, O'Connell, porque esto me va a costar tanto a mí como a ti. Pero si sobrevivimos a la prueba de nuestras familias, volveremos sobre nuestros pasos.

—Sigo diciendo que tu plan apesta.

Merrow se puso de puntillas y le dio un largo y apasionado beso; tan apasionado, que deseó más de lo que podrían hacer durante las dos semanas siguientes.

—Lo sé, pero concédemelo. Por una vez...

—¿Sabes que te odio?

—En este momento, yo también me odio.

Alex giró la cabeza, alzó el índice y añadió:

—Espera cinco minutos, Mickey, viejo amigo. Tengo que besar a mi novia.

Capítulo Nueve

La mujer, asombrosamente bella, sonrió. En sus mejillas se formaron dos hoyuelos.

—Tu eres Merrow, ¿verdad? Me encanta tu nombre... pero me gusta todavía más tu vestido. Es maravilloso...

A continuación, murmuró algo en francés que Merrow no entendió.

—Lo siento, pero ¿quién eres tú?

Al escuchar su carcajada vibrante y alegre, llena de energía, Merrow supo de quién se trataba. Tenía los mismos ojos marrones y las mismas motas doradas de su hermano.

—Ah, discúlpame; a veces olvido que no todo el mundo me conoce. Soy Ashling Fitzgerald, la hermana de Alex —declaró, estrechándole la mano—. Pero la gente me suele llamar Ash...

—Cuando no la llaman cosas peores, claro —intervino Gabe.

—No le hagas caso, Merrow. Haz como si no existiera; yo lo hago desde hace años.

Gabe se acercó a Ash y le dijo algo al oído. Ella se ruborizó levemente, giró la cabeza hacia él, entrecerró los ojos y le contestó en voz baja. Por la forma en que se miraban, Merrow supo que eran amantes.

Gabe se alejó un momento y Merrow dijo:

–Alex me había dicho que entre vosotros no había nada...

Ash se ruborizó un poco más, pero sonrió.

–¿Entre nosotros? No, no hay nada en absoluto –mintió–. Nos conocemos desde que éramos niños. Gabe lleva toda una vida viniendo en mi rescate cuando él cree que me he metido en una situación inapropiada.

Merrow asintió.

–Hum. Ya veo.

Ash la miró con malicia.

–Creo que tú y yo nos vamos a llevar muy bien. Necesitaba una compañera de delitos...

Gabe regresó con un plato de canapés.

–¿Ya te está reclutando para su campaña de terror, Merrow? Espero que tengas un buen abogado.

Ash le dio un codazo tan fuerte que a Gabe se le cayó el canapé que tenía en la mano.

–Sólo necesitaríamos un abogado para que emitiera una orden de alejamiento contra ti –replicó.

Alex apareció entonces. Pasó un brazo alrededor de la cintura de Merrow, la besó en la frente y le robó un canapé a su amigo.

–Ah, ya os estáis peleando... Nadie diría que han estado ocho años sin verse, ¿verdad?

Gabe apartó el plato de Alex.

–Eh, búscate tu propia comida. El bufé está al fondo.

Merrow sonrió al observar a los dos amigos. Era obvio que se llevaban muy bien. Y se alegró de haberse puesto unos zapatos de tacón alto; sin ellos, se habría sentido ridículamente pequeña entre tres gigantes como Alex, Gabe y la propia Ash.

La fiesta estaba resultando tan divertida que sus preocupaciones casi habían desaparecido. Todo era encantador y bastante normal, excepción hecha de la mansión del siglo XVIII, tan grande que probablemente podría haber alojado a la mitad de la población del lugar.

Mientras Gabe y Ash se enzarzaban en otra discusión, Alex inclinó la cabeza sobre Merrow y sonrió con humor.

—¿Cómo te va, O'Connell? ¿Sobrevives?

Ella lo miró y le dedicó una sonrisa muy distinta, perfecta para que Alex se arrepintiera de haber decretado un descanso amoroso de dos semanas. Por fortuna para ambos, ya habían transcurrido ocho días, dos horas y treinta minutos.

—Más o menos. Pero tengo intención de hablar con tu hermana para que me cuente todas las historias embarazosas de tu infancia.

—¿De mi infancia? Te deseo buena suerte. Fui un niño modélico.

Ash dejó de hablar con Gabe e intervino.

—Me temo que tiene razón —dijo.

—De ti no se podría decir lo mismo...

Ash hizo caso omiso del comentario de Gabe.

—Sin embargo, te puedo enseñar un montón de fotografías comprometedoras.

La cara de Merrow se iluminó.

—Me encantaría.. ¿A qué esperamos?

Alex soltó a Merrow a regañadientes y permitió que se marchara con su hermana. Lo de las fotografías no le gustaba demasiado, pero le agradó que Ash y ella hubieran hecho buenas migas. Quería que disfrutara de la fiesta y que olvidara sus preocupaciones. Si todo salía bien aquella noche, tal vez tuvieran algún futuro.

Frunció el ceño, bajó la mirada y pegó una patada al canapé que se le había caído a Gabe.

Su amigo suspiró.

–Si sigues haciendo eso, vas a manchar toda la moqueta.

–Y si tú sigues siendo tan repipi, te convertirás en toda una mujerona –replicó.

–Ten cuidado con lo que dices, niño rico.

Alex no le hizo ningún caso.

–¿Dónde has dicho que estaba la comida? Si es que has dejado algo, claro...

–Tenemos que quedar en Dublín alguna vez.

Merrow sonrió mientras Ash la llevaba por una escalera enorme que parecía interminable.

–Me gustaría mucho.

Merrow fue sincera. Sospechaba que Ash encajaría a la perfección entre su grupo de mosqueteras. Pero en lugar de alegrarse por haber hecho una amiga, se entristeció; aunque todo estaba saliendo bien, seguía pensando que su relación con Alex era imposible. Y si finalmente se separaban, sería mejor que mantuviera las distancias con su hermana.

–Así podrías llevarme a la tienda donde te compraste ese vestido. Es *vintage*, ¿verdad? –le preguntó.

Merrow asintió y bajó la mirada un momento. Le había costado un dineral, pero era tan bonito que había merecido la pena. Además, se sentía tan segura con él que no se encontraba fuera de lugar entre tantos miembros de la elite.

–Sí, en efecto.

–Pues te queda precioso.

Ash se detuvo entonces y le enseñó una de las fotografías de la pared.

–Mira, Alex cuando tenía unos meses.

Merrow rió.

–Vaya, sí que es una fotografía embarazosa...

–Tenía una cara ridículamente angelical. Casi todas las fotografías informales están en esta pared... viene a ser nuestra galería familiar. Las más serias se encuentran en la biblioteca –explicó.

Merrow se alejó de Ash y contempló las imágenes con la sensación creciente de estar entrando en un mundo mágico en el que siempre sería una extraña. Había fotografías de Alex, de su hermana y de su padre, casi todas sacadas en la mansión.

Ash la observó con detenimiento. Segundos después, extendió un brazo y dijo:

–Mira, éste es Alex cuando tenía ocho años. Y aquí lo tienes cuando cumplió los veinte... fue el primer año en que corrió la maratón de Dublín; de hecho, la corre casi todos los años. No te puedes imaginar lo difícil que es seguir sus pasos. Hasta ha creado un fondo para ayudar a los niños con leucemia.

–¿Un fondo? No lo sabía.

Merrow miró otra de las fotografías. Alex tenía catorce o quince años, y estaba en compañía de un larguirucho Gabe y de su hermana, que llevaba coleta y sonreía.

–Es típico de Alex. Siempre ha sido el hijo perfecto, a pesar de las responsabilidades que implica, y nunca se ha jactado de ello. Cualquiera diría que le resulta fácil y que le gusta estar sometido a tantas normas...

pero no es verdad. Yo lo conozco mejor que nadie –afirmó–. Aunque claro, qué voy a decir yo, si soy la oveja negra de la familia. Gabe tiene razón en eso.

Una vez más, Merrow pensó que estaba en un mundo perfecto. A decir verdad, demasiado perfecto para que se sintiera cómoda. Pero a pesar de todo, su corazón sentía la tentación de pertenecer a él o, al menos, de pasar unas vacaciones; aunque al final la echaran del paraíso.

–Venga, vámonos –dijo Ash, mirándola a los ojos–. Nos quedaremos en el fondo de la habitación cuando Alex dé su discurso y nos burlaremos de él. ¡Hace años que no lo hago!

Merrow sonrió con malicia.

–Tal vez deberíamos ir a buscar a Gabe para que nos ayude.

Ash arrugó la nariz y desestimó la propuesta.

–A diferencia de nosotras, Gabe no tiene sentido del humor...

–Pero sospecho que puedes ayudarlo con ese problema.

–Basta, no sigas... veo que eres tan problemática como yo –declaró Ash–. Y creo que me caes bien por eso.

Merrow pensó que acababa de ganarse una hermana.

–¿Cuál es el veredicto, O'Connell?

–¿Tengo que decidir si tu familia me gusta o me disgusta a partir de una sola noche?

Alex la tomó de la mano mientras caminaban por la casa.

–Ah, es verdad, había olvidado que no te gusta

juzgar a la gente tras una sola noche. Me lo dijiste en cierta ocasión, ¿recuerdas?

Merrow inclinó la cabeza y sonrió.

—Ha pasado tanto tiempo que se me había olvidado.

—Está bien, reconozco que no ha sido el mejor de mis planes —le confesó—. Pero ahora no me puedo echar atrás.

—¿Por qué no?

Alex rió y su voz profunda resonó en el pasillo.

—Porque si me echo atrás, tú habrás ganado y me lo estarás recordando eternamente.

—¿Yo? Qué cosas dices.

Merrow arrugó la nariz y Alex volvió a reír.

—Vaya, eso de la nariz te lo ha enseñado mi hermana, seguro... Es su marca.

Merrow soltó una carcajada. Había tomado demasiadas copas de champán y estaba mucho más alegre que de costumbre.

—Tu hermana es maravillosa. Me alegro de haberla conocido.

—Y yo...

—La has echado de menos, ¿verdad?

Él arqueó una ceja, como si la pregunta le hubiera sorprendido.

—Sí, claro que sí. Durante mucho tiempo, Gabe, ella y yo fuimos inseparables.

—Como los tres mosqueteros...

Alex sonrió.

—Todo el mundo debería tener sus propios mosqueteros.

Merrow asintió y los dos siguieron caminando, tomados de la mano.

–Estoy completamente de acuerdo contigo. Los mosqueteros siempre están a tu lado cuando los necesitas.

–Exacto.

–Y puedes hablar con ellos de cualquier cosa.

–Sí, ya lo sé. Por ejemplo, de la puntuación que un novio merece...

Merrow no protestó ante la mención de la palabra «novio». De hecho, la había presentado como su novia a varios invitados y tampoco protestó en su momento.

–Por ejemplo. Y están contigo cuando los necesitas.

Alex apretó los labios y asintió.

–¿Adónde diablos pretendes llegar, O'Connell? ¿Qué te ha contado mi hermana de mí?

–¿Qué podría haberme contado? –preguntó con inocencia–. ¿Es que tienes algún secreto oscuro? ¿Algo que manche tu imagen de chico de oro... ?

Merrow cruzó mentalmente los dedos.

–Nadie es perfecto. Todo es cuestión de suerte, nada más.

–Hum. ¿De suerte, dices?

Merrow lo maldijo para sus adentros. Esperaba que Alex le confesara algo que lo hiciera menos perfecto, o que se vanagloriara de su forma de ser; pero lejos de caer en la trampa, había admitido que la vida que llevaba se debía fundamentalmente a la suerte. Por lo visto, Alex tenía una sola debilidad. Si quería salirse con la suya, tendría que aprovechar esa debilidad y conseguir que rompiera su palabra. Entonces, sólo entonces, sería menos perfecto.

Se acercó a él, apretó los senos contra su pecho

117

y utilizó la más seductora de sus sonrisas. Sabía que nueve de cada diez veces, funcionaba.

Alex sacudió la cabeza.

—No, querida O'Connell, no voy a romper la norma.

—¿Aunque me empeñe a fondo?

—Si te empeñas muy a fondo, serías tú quien la rompería, no yo —respondió, admirando sus labios—. Inténtalo si quieres. No te vas a salir con la tuya.

—Juegas sucio, Alexander.

—No sabes cuánto, Merrow.

Ella gimió, frustrada, y se mordió un labio.

—O'Connell, eres terriblemente peligrosa. Deberías tener un letrero de advertencia.

—Intenté advertírtelo. Varias veces.

—Sabía lo que estaba haciendo. Y todavía lo sé.

Alex la miró a los ojos. No pestañeó, no sonrió, no arqueó una ceja; se limitó a mirarla con tanta intensidad que Merrow estuvo a punto de gemir.

Aquel hombre la volvía loca. Y justo en ese momento, supo por qué.

Necesitaba escapar de aquella situación. Enseguida.

Merrow se apartó, lo tomó de la mano y siguieron andando por el pasillo. Al cabo de unos segundos, Alex volvió a hablar.

—No es mi familia lo que te incomoda, ¿verdad?

Ella no lo miró.

—Me he divertido mucho esta noche. Todo el mundo ha estado encantador conmigo.

—Y no te has dejado impresionar por ninguno, ni siquiera por mis padres. Aunque habría preferido que coquetearas menos con él...

118

–Era él quien coqueteaba conmigo; pero de forma perfectamente inocente –afirmó–. De hecho, me ha recordado mucho a ti... los ojos le brillan de la misma manera cuando hace una broma. Aunque tiene más sentido del humor que tú.

–Porque es mucho mayor y tiene más práctica –se defendió.

–Pero supongo que a veces puede resultar difícil...

–En eso también nos parecemos.

Merrow lo miró con sorpresa y él sonrió.

–Sí, O'Connell, también tengo mis defectos. Lo que pasa es que intento ocultarlos en público. Y lo hago bastante bien.

Antes de que Merrow pudiera replicar, Alex se detuvo delante de una puerta y la abrió.

–Ya hemos llegado. Ésta es mi habitación preferida.

Él le puso una mano en la cintura y la llevó al interior. Merrow sonrió con verdadero asombro al contemplar la sala enorme y llena de balcones por los que entraba la luz del jardín. Era preciosa, mágica, perfecta.

–Es la galería grande. Antes estaba llena de cuadros de la familia, pero la luz del sol dañaba los colores y los colgaron en las paredes de las escaleras. Además, era demasiado seria... hasta que la hice mía.

Merrow lo miró.

–¿Tuya?

Alex la abrazó por detrás y ella se apoyó en él.

–Sí. Cuando era niño, empecé a venir aquí en Navidades para jugar con mis juguetes. Pasaba horas y más horas, y a veces me escabullía en mitad de la noche. Gabe jugaba conmigo; organizábamos torneos y cosas por el estilo.

Ella soltó una carcajada. Casi imaginaba a Alex y a Gabe mientras reían, discutían y jugaban a cualquier cosa.

–¿Y quién solía ganar?

Alex se inclinó sobre ella y apretó la mejilla contra su cabeza.

–A veces uno, y a veces, otro. Al cabo de un tiempo, decidimos que ya éramos mayores para torneos y empezamos a jugar al fútbol; pero claro, destrozamos un par de cristales y nos ganamos unas cuantas ragañinas, así que nos tocaba huir y escondernos.

Alex la besó en la sien.

–Fueron tiempos muy felices –añadió.

Merrow inclinó la cabeza y ofreció el cuello a sus caricias.

–Seguro que le encontrarías un uso más interesante a la sala cuando empezaste a salir con chicas –dijo, con voz sugerente–. Besos secretos, caricias secretas...

Alex le besó el cuello y descendió hacia sus hombros.

–Ah, si las paredes hablaran...

Merrow notó que sus senos se volvían más pesados dentro de su sostén. Casi al mismo tiempo, Alex acercó una mano a sus pechos, le acarició el estómago y empezó a juguetear con el pezón por encima de la tela.

Merrow apoyó la cabeza en su hombro y suspiró.

–Alex...

–Lo sé, lo sé –afirmó–. Yo también lo deseo.

Cuando la mano de Alex se cerró completamente sobre su seno, Merrow se desesperó tanto que se obligó a darse la vuelta.

Pasó los brazos alrededor de su cuello y preguntó:

—¿Vas a romper tu promesa, Alexander?

Él rió.

—¿Y tú?

—No, contesta tú primero.

—No, las damas siempre van antes.

—Eres tan caballeroso...

Alex cerró las manos en su cintura y la meció de lado a lado.

—¿Verdad? Todo un príncipe azul.

—Sí, lo eres. Pero Cenicienta nunca habría querido que su príncipe...

Merrow se puso de puntillas y le hizo una sugerencia bastante tórrida al oído.

Alex gimió, la besó apasionadamente y empezó a darle vueltas y más vueltas, como si bailaran un vals, hasta que ella se quedó sin aliento y rompió a reír.

Cuando por fin se detuvieron, en el rostro de Alex se dibujaba la sonrisa más brillante que le había dedicado.

—Sólo una semana más, una más, y podremos hacerlo.

Merrow se estremeció. Eso era justo lo que temía.

Capítulo Diez

–¿Fitzgerald?

Alex vio que Merrow le lanzaba una mirada mientras el padre de ella repetía el apellido.

–Sí.

–¿Como Edward Fitzgerald?

–¿Quién? –preguntó Merrow.

–Mi abuelo –explicó Alex.

Alex le puso una mano en la espalda y la acarició para que supiera que no debía preocuparse por él. Sabía cuidar de sí mismo.

El padre de Merrow se cruzó de brazos.

–Así que eres uno de ellos...

–Sí, lo soy.

–Hum –murmuró, mirándolo con sus ojos verdes–. No estoy seguro de que me guste que mi hija se mezcle con un Fitzgerald.

Alex decidió aprovechar el comentario. No era gran cosa, pero podía ser un principio.

–Bueno, supongo que podría decir algo sobre los pecados de los padres...

El padre de Merrow arqueó una ceja, sorprendido, y volvió a mirarlo con desconfianza.

–¿Y a qué te dedicas?

–Soy arquitecto.

–¿Un buen arquitecto?

Alex sintió el deseo de sonreír, pero se contuvo.

–Sí.

–Pero no necesitas trabajar para vivir...

–Tal vez no, pero mi trabajo me gusta.

El hombre giró la cabeza hacia la ventana y miró el coche que estaba aparcado en el exterior.

–Dime una cosa. ¿Ese coche te lo has comprado con tu salario?

–No.

–Ya me parecía a mí.

–Pertenecía a uno de mis tíos. Estaba destrozado, así que me lo vendió a buen precio y luego lo restauré –explicó.

–Querrás decir que pagaste a alguien para que lo arreglara.

–No, quiero decir que lo arreglé yo mismo.

El padre de Merrow caminó hasta la ventana. Alex se acercó a él, se detuvo a su lado y se cruzó de brazos como él.

–Hum... Es un Aston Martin, ¿verdad?

–Sí, el modelo DB5.

–El coche de James Bond.

–Bueno, no exactamente el de James Bond. Incluso un Fitzgerald tiene sus limitaciones en cuestión de presupuesto –dijo.

–En tal caso, será mejor que salgamos a echarle un vistazo. Me gustaría comprobar si hiciste un buen trabajo con él.

Cuando se giraron, Alex sonrió a Merrow. Su madre se acercó a él en ese momento.

–¿Cuándo es tu cumpleaños, Alex?

Merrow alzó los ojos en gesto de desesperación.

–El veinte de mayo –contestó.

Alex no supo a qué venía el gesto de Merrow, pero lo averiguó en seguida.

—¿El veinte de mayo? Entonces eres tauro... una buena compañía para una leo. Porque Merrow es leo, ¿lo sabías? Seréis sexualmente compatibles. No está mal, para empezar —comentó la mujer.

Alex caminó hacia la puerta. Al pasar junto a Merrow, le habló en voz baja.

—Ese asunto te lo dejo a ti. Yo me voy a hablar de coches.

Sin embargo, en ese momento tuvo una idea. Se detuvo, se giró hacia su madre con la mejor de sus sonrisas y dijo:

—Merrow me ha contado que eres maestra tántrica.

La cara de la mujer se iluminó.

—Sí, lo soy. ¿Es que también practicas el tantra?

—No, pero me gustaría aprender.

—Alex...

Él hizo caso omiso de la protesta de Merrow, aunque sabía que había grandes posibilidades de que más tarde se arrepintiera.

—Tal vez podrías enseñarme los principios básicos...

—Esta tarde tengo una clase con principiantes. Si quieres, puedes venir.

—Magnífico. Iremos.

Alex pensó que una clase de principiantes no podía ser muy peligrosa. Y si aprendía algo interesante, algo que pudiera poner en práctica más tarde, tanto mejor.

—No, no iremos, Alex.

—¿Por qué no?

–Porque no tienes ni idea de dónde te estás metiendo.

La madre de Merrow le dio una palmadita en el brazo.

–Llevo años intentando convencerla para que venga a una clase, pero siempre se ha negado –le explicó–. No dejes que se salga con la suya. Los dos os beneficiaréis de la lección.

–Mamá...

–¿Es que no la has oído? Será beneficioso para nosotros –dijo Alex, mirándola con humor–. Además, ¿nadie te ha dicho que tienes que hacer caso a tu madre?

–Si mi querida madre insiste con eso, empezaré a decir que soy adoptada.

–No eres adoptada. Heredaste la belleza de tu madre. No soy ciego.

Su madre rió.

–Sí, creo que nos vamos a llevar bien, Alex, independientemente de tu apellido. Pero no pruebes la estratagema de la belleza con el padre de Merrow.

–Espero que lo del coche sirva de algo...

–Es un principio.

–¿Se te ocurre algo más que me pueda servir?

La mujer volvió a sonreír.

–¿Has hecho windsurf alguna vez? Ese viejo estúpido decidió aprender este verano... hay una escuela cerca. Mejor tarde que nunca, dijo.

Alex sonrió.

–Sí, esa información me será muy útil.

Alex salió de la casa y caminó hasta su coche, sintiéndose más optimista que en los últimos días. La perspectiva de conocer a los padres de Merrow, y el propio empeño de ésta por relajarlo de su tensión, lo habían puesto a la defensiva y lo habían convencido de la necesidad de prepararse para lo peor. Sin embargo, su madre acababa de darle una buena idea para salir del paso.

Merrow se acercó a la ventana y pensó que era increíble. Alex estaba utilizando con sus padres los mismos trucos que había usado con sus amigas. Y asombrosamente, funcionaba. Era el diablo en persona.

–Es un chico muy sexy.

Su madre se detuvo junto a ella y miraron por la ventana. Las dos estaba con las piernas levemente separadas y los brazos cruzados sobre el pecho, en una posición bastante masculina.

–Sí, lo es.

–Y no se aparta de ti.

–No, no se aparta.

–Bueno, es normal. Siempre dije que el hombre que conquistara tu corazón tendría que ser muy obstinado.

Merrow no dijo nada.

–¿Te importaría decirme a qué viene esa expresión de suficiencia?

Merrow frunció el ceño cuando oyó la pregunta de Alex, formulada en un susurro.

–Calla. Se supone que estás relajado y que respiras lentamente.

–Y lo estoy. Pero, ¿por qué sonríes?

Merrow miró al fondo de la clase para asegurarse de que su madre no estaba mirando. Después giró la cabeza hacia él, pestañeó y sonrió con más malicia todavía.

—Porque después de esto, vas a romper tu norma.

—De eso nada.

Ella le pegó en el pecho con un dedo.

—Ya lo veremos.

—Eh, se supone que no debes tocarme. Tu madre no ha dicho nada de tocar. Eres tú quien está rompiendo las normas.

En ese momento se oyó la voz de su madre. Hablaba con voz lenta y baja, con la evidente intención de contribuir al relajamiento de sus alumnos.

—Ahora, quiero que los hombres estiréis las piernas.

Alex estiró las piernas y movió los dedos de sus pies descalzos. Hasta entonces estaba siendo bastante fácil.

—Muy bien, perfecto —continuó—. Que las mujeres se levanten y se sienten a horcajadas sobre sus parejas. Y cuando estén sentadas, que los hombres doblen las rodillas hacia delante para que se puedan apoyar... pero quiero que reduzcáis el contacto al mínimo y que no os toquéis con las manos.

Alex frunció el ceño cuando Merrow se levantó la falda y se sentó sobre él. Le resultó tan erótico que tuvo que apretar los dientes para contenerse y olvidar lo que aquella falda ocultaba. Aún recordaba que habían hecho el amor por primera vez en una posición muy parecida.

—Relájate, Alex —murmuró Merrow.

Él entrecerró los ojos.

—Seguid respirando profundamente. Mirad a los

ojos de vuestro acompañante e intentad llegar a su alma y sentir el nexo que os une.

Alex miró los ojos verdes de Merrow y sonrió. Eran preciosos.

—No descuidéis la respiración...

La situación empezaba a ser complicada para Alex. Intentaba concentrarse en la tarea de respirar mientras mantenía la mirada, pero su corazón había empezado a latir más deprisa. Además, la sonrisa maliciosa de Merrow también había desaparecido. Parecía tan excitada como él.

Justo en ese momento, notó un destello breve en sus ojos.

Se preguntó qué sería y Merrow sacudió levemente la cabeza, como si quisiera decirle que no era nada de importancia.

Pero no la creyó.

—Seguid mirando los ojos de vuestras parejas. Quiero que busquéis tres palabras que describan lo que veis en ellos y que se las digáis para que sepan que sabéis quiénes son. Pero hacedlo por turnos. Una palabra uno, otra palabra otro y así sucesivamente. Relajaos y mantened la respiración.

Merrow cerró los ojos unos segundos y Alex sonrió cuando los abrió otra vez. Aquella mujer los estaba obligando a ser sinceros. Exactamente lo que él quería.

La miró y dijo:

—Problemas.

Merrow rió en voz baja, entrecerró los ojos y replicó:

—Obstinación.

Su madre, que había empezado a pasear por la clase, se inclinó sobre ellos y recriminó su actitud.

–Nada de críticas. Quiero que seáis agradables, que bajéis la guardia... y que sigáis respirando lenta y profundamente.

Alex apretó los labios para no soltar una carcajada. Cuando la madre de Merrow se alejó, siguieron con el juego.

–Belleza.

–Maravilla.

Alex sintió una oleada de calor en el pecho.

–Deseo.

–Yo también.

–Eso no vale. Son dos palabras.

La madre de Merrow volvió a intervenir.

–Ahora vamos a profundizar la confianza. Chicas, llevad las manos a la cara de vuestro compañero y acariciadles después el cuello, los hombros y los brazos con la punta de los dedos. Quiero que sintáis su energía en las yemas –ordenó–. En cuanto a los chicos, seguid respirando a fondo y casi en estado de meditación, sin romper el contacto visual.

Merrow llevó las manos a su cara y vio que Alex entreabría los labios al sentirla. Apenas lo estaba tocando, pero sus sensaciones eran tan intensas que la abrumaban. Le parecía increíble que se hubiera excitado tanto sin la menor de las caricias.

A continuación, descendió por su cuello y sintió que Alex tragaba saliva. Él parpadeó lentamente y la miró. Nunca se había sentido tan excitada por un hombre; no deseaba otra cosa que arrojarse al mar del deseo, hundirse en él y no regresar nunca a la superficie. Pero eso la asustaba. Tenía miedo de que el mundo perfecto de Alex la hubiera afectado tanto que ya no sabía nadar.

Alex notó su preocupación y frunció el ceño.

Ella sonrió para tranquilizarlo.

Cuando llegó a la base de su cuello, sintió su pulso y notó que su respiración se había acelerado. Después, continuó hasta sus hombros.

Él soltó un gemido como si quisiera decir que la deseaba. Ella cerró las manos sobre sus brazos para hacerle ver que el sentimiento era recíproco.

–Ahora quiero que los chicos os hagan los mismo a vosotras. Pero no olvidéis la respiración, chicas... es importante.

Alex pensó que la devolución de las caricias iba a ser una tortura para él. Ya lo había excitado bastante; y aunque se tenía por un hombre perfectamente capaz de controlar sus emociones, Merrow lograba que se sintiera más débil que nunca.

Eso debería haberle molestado, pero no le molestaba.

Merrow tomó aliento y suspiró suavemente, inclinando un poco la cabeza, cuando Alex le puso las manos en la cara. Ella arqueó las cejas y volvió a suspirar cuando notó su contacto en el cuello; sobre todo, porque Alex decidió romper ligeramente las normas y extendió las manos de tal forma que le acarició la parte superior de los senos.

La rcspiración de Merrow se volvió más rápida, y las pupilas de sus ojos, más grandes.

Alex también estuvo a punto de gemir. La conocía lo suficiente como para reconocer sus reacciones y saber que estaba al borde del orgasmo. De haber podido, habría introducido una mano entre sus piernas, habría sentido su humedad y la habría acariciado.

Sin poder evitarlo, bajó la mirada y la clavó en su

falda; ella sonrió y él se encogió de hombros, como insinuando que todo eso era culpa suya. Acto seguido, bajó las manos por sus brazos y le acarició los senos con los pulgares. Sus pezones se pusieron duros bajo la blusa.

Merrow soltó un grito ahogado y, para sorpresa de Alex, le apartó las manos y se levantó. Todos los alumnos se giraron a ver lo que pasaba.

—Levántate —dijo ella, frunciendo el ceño.

Alex se levantó y miró a su madre con expresión de disculpa mientras Merrow lo arrastraba hacia la salida.

—Lo siento mucho. Por favor, seguid... no os preocupéis por nosotros.

Merrow no lo soltó cuando salieron de la sala. Cerró una mano en el cuello de su camisa y lo llevó por el pasillo.

—Sabía que tu plan apestaba. Pero nada, tenías que insistir...

—¿Adónde me llevas?

Ella no contestó.

—¿Qué vamos a hacer, O'Connell?

—Solventar el problema. Eso es lo que vamos a hacer.

Merrow lo besó con pasión y Alex no hizo nada por resistirse. A fin de cuentas, estaba de acuerdo con ella. Ya habían demostrado lo que tenían que demostrar, y los dos habían ganado esa partida.

Pero cuando Merrow se levantó las faldas y apretó el pubis contra él, gimió. Estaba tan excitado que corría el peligro de no poder contenerse y de tomarla allí mismo, a pesar de que alguien podía aparecer en cualquier momento.

–No podemos hacer el amor aquí. ¿Dónde... ?

Merrow miró a su alrededor con el ceño fruncido, pero sus ojos se iluminaron como si hubiera tenido una idea.

–¿Te importa ir descalzo?

–No si a ti tampoco...

En ese momento, Alex habría sido capaz de caminar sobre cristales si se lo hubiera pedido.

–Entonces, sígueme.

Merrow lo tomó de la mano, lo sacó del edificio y lo llevó al bosque. Alex lamentó no saber adónde se dirigían; de haberlo sabido, habrían llegado mucho más deprisa.

Capítulo Once

La cabaña era tan pequeña que casi parecía una
choza. Y los árboles y arbustos que la rodeaban habían crecido tanto con el paso del tiempo que nadie
que no supiera de su existencia, la habría visto.

Merrow rió, aliviada.

Tal vez no fuera tan mágica ni tan maravillosa
como la sala de Alex, pero era su lugar preferido, el
escondite de su adolescencia. Nadie los interrumpiría allí. Y ella podría gritar tanto como le viniera
en gana.

–¿Qué es este sitio? –preguntó él.

–Era mi escondite.

–¿Y lo sigue siendo?

Merrow asintió.

–Sí, es todo mío. Venía aquí cuando quería huir
de esa casa de locos.

–¿Tenías que huir muy a menudo?

Merrow suspiró. No quería romper la tensión sexual con una explicación sobre los problemas de su
juventud.

–A veces.

–¿Huías de tus padres?

–Sí, por supuesto que sí. Si hubieras pasado tu
adolescencia en una casa donde tus padres se dedican a hablar de orgasmos y chacras a la hora de ce-

nar, es posible que tú también te hubieras ocultado. ¿Pero no podríamos dejar la conversación para otro momento? Date prisa, corredor de maratones...

Alex debió de notar la irritación en su voz, porque se detuvo y la tomó en brazos.

—No, no voy a darme prisa. Hemos esperado tanto que me lo voy a tomar con calma, O'Connell. Vamos a tomarnos nuestro tiempo, a explorarnos el uno al otro y a...

Merrow suspiró.

—No necesito más exploraciones, créeme. Después de esa maldita clase...

Él le acarició una mejilla y la besó con suavidad, para enfatizar su punto de vista y conseguir, al mismo tiempo, que dejara de protestar.

—Está bien, como quieras. Si te comprometes a entrar en mí y que terminemos lo que hemos empezado, me daré por contenta.

—Estabas al borde del orgasmo, ¿verdad? —preguntó con voz ronca.

—Muy cerca de él.

—Y ahora vamos a aprovechar lo que hemos aprendido en la clase, ¿no es cierto?

—Indiscutiblemente.

—Debería darle las gracias a tu madre cuando vayamos a cenar.

Merrow rió a carcajadas.

—Si le das las gracias, te mataré y tiraré tu cadáver en los bosques.

—No, tú no harías eso. Necesitas mi cuerpo.

Ella pensó que lo necesitaba más de lo que Alex imaginaba. Pero no solamente su cuerpo, sino a todo él. Nunca había sentido una carencia similar, lo cual la aterrorizaba y le hacía odiarlo al mismo tiempo.

Sin embargo, sus preocupaciones podían esperar hasta más tarde. Ahora quería hacer el amor, perderse de nuevo.

Se apartó de Alex. buscó los contenedores de plástico donde guardaba las sábanas y extendió una sobre el colchón de la cama, de hierro forjado.

—¿Todavía usas este lugar?

—Cuando vengo de visita, sí —respondió, empezando a desabrocharse la blusa—. Pero ya hablaremos después.

Alex se acercó y dijo:

—Deja, ya lo hago yo.

Mientras él se encargaba de su problema, ella hizo lo propio con su camisa. Cuando le acarició el pecho, la respiración de Alex se volvió más acelerada. Merrow lo deseaba hasta el punto de la desesperación.

Él le quitó finalmente la blusa y llevó las manos a sus senos. Ella gimió. Aquello era el paraíso y el infierno a la vez. Se había convertido en una muñeca, en una esclava al servicio del sexo.

—Me vuelves loco, ¿lo sabías? —murmuró.

—Mmm...

Merrow le bajó la cremallera de los pantalones y acarició su erección; necesitaba sentirlo dentro de su cuerpo. Él le acarició los pezones por encima del sostén, pero Merrow no estaba para caricias y suavidades: quería que la penetrara, que hicieran el amor rápida y apasionadamente, que apagara aquella necesidad.

Alex le quitó el sostén y ella le metió las manos

por debajo de los pantalones y tiró hacia abajo, para quitarle los calzoncillos en el mismo movimiento.

–Tranquilízate, O'Connell. Mírame.

Merrow no quería mirarlo, no quería nada salvo hacer el amor; pero frunció el ceño, alzó sus largas pestañas y clavó sus ojos verdes en los ojos color avellana de su amante.

–¿Qué quieres, Alex?

Alex no respondió. Se limitó a mirarla con una sonrisa, durante unos segundos que se le hicieron interminables.

Merrow casi no se podía contener. Incluso le costaba respirar.

–Ajá, me has vuelto a lanzar la mirada de antes, el destello que he notado cuando estábamos en la clase de tu madre.

–Alex, no quiero hablar ahora.

–Lo sé, pero tienes que relajarte un poco. Hazlo por mí. Si vuelves a acariciarme entre las piernas, no tendré tiempo ni para ponerme un preservativo. Confía en mí; deja que esto sea mejor que nunca.

Ella alzó la barbilla, desafiante.

–No hace falta que uses preservativo. Estoy tomando la píldora.

–¿Desde cuándo?

Ella sonrió de forma traviesa.

–Desde hace dos semanas, desde la última vez que lo hicimos –respondió–. Piensa en ello, Alex. Piensa en lo que sentirás cuando entres en mí sin ningún obstáculo, cuando me sientas y llegues al clímax...

Alex gimió y ella se mordió el labio y sonrió. Sa-

bía que sus palabras lo habían excitado un poco
más, lo justo para que olvidara la intención de to-
márselo con calma y se comportara como el amante desenfrenado que quería en ese instante, el hombre capaz de saciarla y de borrar la tensión que la
devoraba por dentro.

–Ahora sí que vamos a tener que tranquilizar-
nos...

–No, no, por favor...

Alex la besó lenta y cuidadosamente. Después,
se desnudaron del todo y se volvieron a besar, tan
despacio que Merrow ya no podía soportarlo.

–Alex...

–Mírame, O'Conncll.

Alex le acarició un pezón y consiguió que se estremeciera.

–Mírame –ordenó de nuevo.

Merrow se sentía demasiado frustrada para obe-
decer. Intento tocarlo, pero él la tumbó en la cama
y le levantó los brazos por encima de la cabeza, para
que cerrara las manos sobre los barrotes.

–¿Es que no eres capaz de mirarme?

Ella cerró los ojos y se mordió el labio. Él introdujo una mano entre sus muslos y empezó a acariciarla lentamente.

–¿Por qué tengo la sensación de que todavía me
ocultas algo?

–Alex... –susurró.

Él se acercó a su oído y murmuró con voz ronca:

–¿Te he dicho alguna vez lo mucho que me gusta que siempre estés preparada para mí?

Merrow tuvo que contener un gemido de frus-
tración.

–Me gusta incluso cuando intentas esconder tus sentimientos. Tu cuerpo nunca miente, O'Connell.. Pero mírame. Mírame de una vez.

Merrow cerró los ojos con más fuerza y apretó los dientes. Un segundo después, estalló en un orgasmo tan poderoso que la dejó más temblorosa que antes.

Sorprendido, Alex se apartó lo suficiente para mirarla y dijo:

–Pero si apenas te he tocado...

Ella frunció el ceño y lo miró.

–Te dije que estaba a punto. Pero no me estabas escuchando.

Merrow quiso soltar los barrotes de la cama.

–No, deja las manos ahí. Aún no he terminado.

Ya estaba a punto de protestar cuando Alex descendió, cerró la boca alrededor de uno de sus pezones, lo succionó profundamente y lo lamió. Merrow no tuvo más opción que agarrarse con más fuerza; echó la cabeza hacia atrás y deseó que aquella agonía no terminara nunca, pero él le soltó el pezón, le apartó los muslos con una mano y siguió descendiendo.

–¡Alex!

Él le besó el estómago y la miró un momento.

–No he olvidado la petición de la Cenicienta. La que me hiciste al oído hace una semana.

–Pero si haces eso...

–Lo sé, lo sé. Ésa es precisamente la idea. Porque tu cuerpo ya no es tuyo, O'Connell; ahora es mío.

–Alex, no puedes.... oh...

Merrow iba a decir que no podía utilizarla como si fuera un objeto sexual, pero tras sentir el contac-

138

to de su lengua en el clítoris, cambió de opinión. Alex siguió lamiéndola, intercalando lengüetazos largos con otros cortos, excitándola más allá de lo soportable; pero además del placer, Merrow también tenía otra sensación: una especie de pérdida, como si parte de ella se estuviera rindiendo.

—Alex...

—¿Hum?

Ella sintió la vibración de la voz de Alex en su sexo y cerró los ojos. Aquello era demasiado. Cuando empezó a acostarse con él, fue el principio del fin. Ya no volvería a ser Merrow; sólo sería O'Connell, su O'Connell.

—Mírame —ordenó, tajante.

—No puedo...

—Sí, claro que puedes —dijo con voz más dulce.

—Alex, por favor...

Alex se puso sobre ella y la penetró poco a poco, sin prisa. Entonces, Merrow recordó que también tenía poder sobre él, que aquél era un juego de iguales, que podía volverlo loco. Y para demostrárselo, contrajo los músculos interiores: el movimiento bastó para que Alex soltara un gemido ahogado.

—O'Connell... ¡mírame!

Ella sonrió, decidida a retribuir sus atenciones, y cerró las piernas a su alrededor. Se aferró a la cama con más fuerza y se dejó llevar mientras las acometidas arrastraban su cuerpo estremecido hasta un nivel desconocido hasta entonces. Alex frunció el ceño y Merrow notó que se debatía por dentro, que estaba a punto de perder el control; en ese instante preciso, sintió la oleada del orgasmo, oyó su gemido y sintió que algo cálido la llenaba.

Alex se quedó quieto en el silencio de la cabaña. Y Merrow rompió a llorar.

–¿Qué ocurre? –preguntó él–. ¿Qué te sucede?

Ella sacudió la cabeza.

–Nada. Olvídalo.

–No, puedo olvidarlo, O'Connell.

Merrow se levantó rápidamente y empezó a recoger la ropa.

–Tenemos que hablar –insistió él.

–No.

–Claro que sí.

–¡No quiero hablar! Cuando llegamos aquí, te dije que no quería...

–Ya lo sé. Pero ha pasado algo y quiero saberlo.

Merrow empezó a vestirse a toda prisa.

–Claro, por no mencionar que Alexander Fitzgerald siempre se tiene que salir con la suya, ¿verdad?

Alex frunció el ceño y se puso los pantalones.

–¿Qué quieres decir con eso?

–¿Lo preguntas en serio?

–¿Te lo preguntaría acaso si lo supiera?

–Déjalo estar, por favor. Deja de presionarme por una vez.

–No puedo. Tengo que saberlo.

Merrow sacudió la cabeza, pasó ante él y salió de la cabaña. Había empezado a llover.

–¡Espera! ¡O'Connell! ¡Espera un momento!

Intentar escapar de un hombre acostumbrado a correr maratones no fue la idea más inteligente que Merrow había tenido; pero conocía la zona y él no, de manera que llegó a la casa unos segundos antes.

Desgraciadamente, ninguno de los dos habían imaginado que se iban a tropezar con su padre.

–¿Se puede saber qué está pasando aquí? –preguntó–. ¿Te ha hecho algo, Merrow?

Merrow se cruzó de brazos.

–No.

–Pues parece que sí.

–Señor O'Connell, yo...

–Cállate. Estoy hablando con mi hija. ¿Qué ha pasado?

–No me ha hecho nada. En serio, papá. Es que necesitaba un poco de espacio, nada más. Cuando estoy con él no puedo pensar... pero no ha hecho nada malo, créeme.

Su padre la miró con condescendencia, como si ya supiera lo que le sucedía. Y aquello la molestó todavía más.

–¿Por qué no me podéis dejar en paz? ¿Por qué os empeñáis en hablarlo todo? ¡No todo el mundo quiere que analicen hasta el más pequeño de sus sentimientos para compararlos después con las malditas fuerzas cósmicas!

Merrow se alejó y Alex intentó acercarse, pero el padre de Merrow se lo impidió.

–Déjala. Si la presionas en ese estado, será peor. Siempre ha sido igual. Es una mujer muy independiente; necesita tomar sus decisiones a solas.

En ese momento sonó el teléfono de Alex.

–Contesta, no te preocupes.

–No, no será nada importante...

–Vamos, Fitzgerald. Después de lo que ha pasado, sospecho que tendremos tiempo de sobra para charlar.

–Eso espero.

–Venga, contesta de una vez. Seguramente se trata de alguna crisis nacional o de una huelga de trabajadores de tu empresa.

—No, los arquitectos no tenemos esos problemas.

—Ya.

—¿Ya se te ha pasado el berrinche?

Merrow hizo caso omiso del tono alegre de su madre.

—¿Sabes dónde está Alex?

—Metiendo sus cosas en el coche. Nos ha pedido disculpas por tener que marcharse —explicó—. Me ha hecho un regalo de cumpleaños precioso... ¿lo has visto?

—¿Se marcha?

—Sí, parece que ha surgido algún tipo de problema en su hotel. Le he dicho que mañana te llevaríamos a Dublín, para que...

Su madre no terminó la frase. Merrow salió corriendo de la habitación y no se detuvo hasta llegar al coche de Alex.

—¿Pensabas marcharte sin despedirte?

—No sabía dónde estabas, así que me despedí de tus padres.

—Veo que has encontrado una excusa para marcharte...

—No, no es ninguna excusa. Gabe me acaba de llamar. Se ha producido un fuego en uno de los pisos superiores del Pavenham.

—¿Un fuego? ¿Es importante? Si los daños son graves...

—Gabe dice que no ha sido para tanto. Por lo visto, alguien se dejó encendido un calefactor y prendió un par de cosas. Pero quiero comprobarlo personalmente.

—Es decir, que has encontrado una excusa.

Alex apretó los labios y la miró de soslayo.

—No quiero discutir contigo. Te estoy concediendo el espacio que querías. Tal vez sea lo que necesites.

—Sí, claro –ironizó ella–. Lo que pasa es que ahora conoces a mi familia y te has dado cuenta de que nuestros mundos no encajan.

Alex ya había abierto la portezuela del vehículo, pero la cerró de golpe.

—Está bien. Vamos a tener esa discusión.

Merrow retrocedió al ver su cara de ira.

—Esto no tiene nada que ver con nuestras familias, así que deja de utilizarlas tú como excusa. No sé cuál es tu problema, Merrow, pero está en tu cabeza... y a mí me encantaría ayudarte, pero no me lo permites.

Alex notó que ella dudaba y extendió un brazo con intención de acariciarla. Por desgracia, sólo consiguió que retrocediera un poco más y que alzara la voz.

—¡Basta ya, Alex! ¡Me has estado presionando desde el principio! ¿Por qué no puedes dejar las cosas como están?

—¿A ti qué te parece?

Merrow decidió devolverle la pelota.

—¿Crees que te lo preguntaría si lo supiera? Todo esto es como un juego para ti, ¿no es cierto? Puede que yo sea lo que deseas, Alex, pero no soy lo que necesitas. No podría encajar en tu mundo perfecto. ¿Es que todavía no te has dado cuenta?

Alex rió con incredulidad.

–¿Mi mundo perfecto? ¿Crees que mi vida es perfecta? ¿De dónde te has sacado esa idea?

–¡Por supuesto que es perfecta! ¡Eres un Fitzgerald! Hasta a tu propia hermana le costó seguir tus pasos. A ti todo te resulta tan fácil que...

–¿Fácil? ¿Crees que todo me resulta fácil? ¿De verdad piensas que no me esfuerzo en cada cosa que hago, que no me he esforzado contigo? Porque te diré una cosa, Merrow... nunca había dedicado tanta atención a una mujer. Nunca.

–Pero sólo porque soy una especie de desafío para ti. Tú no quieres el caos que yo llevaría a tu vida. Y lo llevaría, créeme. Mi vida siempre ha sido un desastre. Y me gusta tal como es.

–¿Ahora crees saber lo que necesito? Muy bien, O'Connell, adelante; atrévete y dime lo que necesito.

–¡No necesitas esto!

–Lo que no necesito es una discusión absurda. Pero cada vez que intento hablar contigo, te niegas a contestar.

–E insistes en presionarme.

Alex tuvo que hacer un verdadero esfuerzo por contenerse. Miró a su alrededor, contempló los árboles de los alrededores, esperó un poco más e intentó hablar con calma.

–Es verdad, te he presionado; pero no me has dejado otra opción. He tenido que pelear en cada centímetro del terreno desde que nos volvimos a encontrar e hicimos el amor.

–Descuida, ya no tendrás que pelear por nada. Esto es el final.

Alex tomó aliento.

—No, no es el final —afirmó—. Pero no volveré a presionarte. Te voy a dar todo el tiempo y el espacio que necesites. Y cuando te tranquilices un poco, tal vez quieras hablar conmigo y decirme lo que te pasa.

—No es un problema de espacio... —dijo ella, con voz temblorosa.

—Ah, ahora lo entiendo. No sabes lo que quieres, ¿verdad? Pensándolo bien, puede que el problema sea yo; puede que necesites a un hombre más fuerte... porque por mucho que intente refrenarme, me importas tanto que siempre querré saber lo que te sucede y siempre interpretarás que te presiono.

—Alex, ¿no podríamos recuperar lo que teníamos? ¿No podríamos volver a los días cuando jugábamos, reíamos y hacíamos el amor?

Alex se acercó a ella.

—Cuando descubras lo que quieres, búscame —respondió—. Y si no lo descubres, al menos sabré a qué atenerme.

Él la abrazó, la besó con todas sus fuerzas y la soltó inmediatamente.

—Eso es por si no vienes a buscarme.

Merrow se quedó plantada en el sitio. Él se dio la vuelta, entró en el coche, cerró la portezuela y se marchó sin mirar atrás. Segundos después, empezó a llover de nuevo; pero ella siguió allí, mojándose, hasta que oyó una voz a su lado.

—Te he traído una tila.

Era su madre.

—No creo que esta vez me haga efecto, mamá...

—Estás enamorada de él, ¿no es cierto?

–Sí –confesó, sollozando–. Perdida y locamente enamorada.

–¿Y él?

–Creo que también me ama, pero le cuesta tanto comunicarse conmigo como a mí hablar de mis emociones –respondió.

En ese momento, Merrow comprendió que había cometido un error terrible. Ésa era la debilidad de Alex, la más común del mundo. Cuando se enamoraba, tenía tanto miedo de que le hicieran daño que se cerraba sobre sí mismo. Y si estaba tan enamorada de ella como ella de él, su dolor tampoco sería más pequeño.

No, Alex no era perfecto; sólo era un ser humano.

Su madre la tomó del brazo y dijo:

–Por cierto, ¿has visto el regalo de cumpleaños que me ha traído?

Capítulo Doce

Alex subió por las escaleras de su piso, cargado con una bolsa. Se sentía más derrotado que en toda su vida. Había estropeado las cosas con Merrow; sabía que no le gustaba que la presionaran, pero no se había podido contener.

—No sé qué voy a hacer contigo.

Abrió la puerta, miró hacia la cocina y se llevó una sorpresa enorme al ver una pecera.

—Vaya, supongo que tú debes de ser Fred. ¿Quién te ha dado la llave de mi piso? Abrir la puerta sin tener manos ha debido de resultar difícil... eres un tipo listo, Fred.

—La llave me la diste tú, ¿recuerdas? Para que pudiera entrar por la mañana, cuando quedábamos para desayunar.

Alex se giró y vio que Merrow avanzaba hacia él por el pasillo con una sonrisa extraña, completamente nueva; con una sonrisa de timidez.

—Hola...

—Veo que ya os habéis presentado.

Alex carraspeó.

—Sí, estábamos en ello. Pero, ¿qué ha pasado? ¿Has salido a pasear con tu pez y has decidido venir a verme?

Alex dejó la bolsa que llevaba en la encimera.

–¿Qué hay dentro de esa bolsa? Me ha parecido que se movía...

Él se cruzó de brazos.

–Yo he preguntado primero.

Merrow arqueó una ceja.

–¿Crees que saldría a pasear con mi pez y con estos tacones?

–No sé si con esos tacones, pero dime que no tienes la costumbre de salir a pasear con un pez –dijo en tono de broma.

Ella sonrió.

–¿Qué hay en la bolsa?

Alex alzó la bolsa, la sostuvo en la palma de la mano y se la acercó.

–Ésta es Wilma Dos.

Merrow sonrió con malicia.

–Alex, no puedes llamar a un pez como si fuera un barco.

–Lo he comprado yo, así que lo llamaré como quiera.

–Y tu Wilma...

–Mi Wilma Dos, recuerda –puntualizó.

–De acuerdo, como quieras. ¿Tu Wilma va a ser la nueva amiga de mi Fred?

–Bueno, mi Wilma Dos podría vivir eternamente en esta bolsa de plástico; a fin de cuentas es un pez muy independiente y perfectamente capaz de vivir solo –respondió–. Pero eso no es del todo necesario. Puede seguir siendo independiente si comparte su espacio con otro pez.

Merrow lo miró con ojos brillantes; sin embargo, las manos le temblaban y Alex tuvo miedo de haber cometido otra vez el error de presionarla.

–Muy bien, Alex, te diré por qué he venido. Pero debes prometer que no me interrumpirás hasta que termine. He estado pensando estas palabras desde que salí de Dingle, y si no las pronuncio en seguida, podría olvidarlas.

–Te lo prometo.

Merrow respiró a fondo, apoyó las manos en la encimera, se encaramó en ella y se sentó, cruzando las piernas a la altura de los talones. Después, posó las manos en el regazo y Alex se las miró. Todavía temblaban un poco.

–Mírame, Alex.

Alex obedeció.

–Estoy completa e increíblemente enamorada de ti.

–Yo...

–No, no, déjame hablar.

Él tragó saliva y asintió. Le había prometido que no la interrumpiría. Y por otra parte, ahora sabía que era suya, sólo suya.

–Siempre he sido una mujer independiente. Y me gusta mi vida, por muy caótica que sea... tengo grandes amigos, mi familia me quiere y hasta disfruto con mi trabajo. Pago mis facturas, voy de compras y de vez en cuando salgo los fines de semana y me voy a algún sitio como Galway. Nunca pensé que necesitara algo más. Hasta que te conocí.

–Pero yo no pretendo robarte esas cosas. Pensé que ya lo sabías.

Ella frunció el ceño y suspiró.

–Lo sé, Alex. Pero amarte es algo tan intenso y me consume tanto que perdí la perspectiva. No sabía que el amor pudiera ser así –le confesó–. Cuando me miras a los ojos, me pierdo. Y cuando hacemos el amor, no sé dónde terminas tú y dónde empiezo yo.

Él sonrió con dulzura.

–Me sentía como si estuviera renunciando a una parte de mi ser. Me parecía que todo era demasiado bello, demasiado perfecto, y me aterraba... porque pensé que si era tan bello y perfecto, su pérdida acabaría conmigo. Supongo que no estaba preparada, o tal vez, que todo ha sucedido demasiado deprisa. Por eso huía y establecía esas normas. Pero ya no quiero huir. No quiero volver a perderte.

–¿Eso es todo? ¿Ya has terminado?

–Casi.

Merrow se humedeció los labios y añadió:

–Ahora voy a hablar de ti.

Alex la miró con desconfianza.

–¿De mí?

–Bueno, supongo que siempre he sabido que sería yo quien pronunciara ciertas palabras por primera vez; y es lógico, porque si hubieras sido tú, me habría sentido acorralada, habría discutido contigo y me habría marchado.

Alex frunció el ceño.

–No me mires así, Alex. Al final habría regresado contigo. Pero si lo hubieras dicho antes, si me lo hubieras confesado antes de que yo asumiera lo que sentía... no sé, me habría sentido...

–¿Obligada?

–Sí, supongo que sí –respondió, sonriendo–. Aunque no es una definición del todo exacta. Estaba convencida de que no me enamoraría de ti.

–Por eso inventaste esas normas estúpidas.

–Sí, pero tú insistías en romperlas. Así que es culpa tuya...

–¿Y por qué crees que las rompía?

–Ah, eso es lo más gracioso del asunto. No lo entendía, no me daba cuenta... he sido tan estúpida que casi no lo puedo creer.

Alex sonrió y ella se sintió profundamente feliz.

–Pero cuando vi eso, lo entendí.

Merrow giró la cabeza y Alex siguió su mirada.

–¿Le has robado el regalo de cumpleaños a tu madre?

–Lo he tomado prestado, que es distinto.

Ella extendió un brazo y alcanzó la fotografía enmarcada.

–Bueno, ¿puedes explicarme esto, Alex?

–No, explícamelo tú.

Merrow sonrió, apretó la fotografía contra su pecho y adoptó una voz seria y profesional, como si estuviera haciendo un análisis de arte.

–El elemento central de esta imagen es una joven con un vestido verde, que evidentemente soy yo, con el mismo vestido que llevo en este momento... como sin duda habrás notado.

–Por supuesto que lo he notado. Siempre me fijo en ti.

–Te fijas en mí cuando me pongo minifaldas.

–Bueno, entonces también...

–Calla. Deja que siga.

Alex alzó la vista hacia el techo y Merrow soltó una carcajada.

–Pues bien, la chica está perfectamente enfocada, pero todo lo que la rodea está desenfocado, en tonos de gris. ¿Qué nos dice eso?

Alex sacudió la cabeza.

–Ésta me la vas a pagar, O'Connell. Lo sabes, ¿verdad?

–¿Qué nos dice eso, Alex?

–Dímelo tú. Yo me limité a hacer el montaje.

–Y muy bien, por cierto; porque si la chica de la fotografía soy yo y todo está borroso menos yo, eso quiere decir que el fotógrafo, tú, me considera... ¿cómo podría expresarlo? ¿El centro de su universo?

Alex le quitó la fotografía y la dejó sobre la encimera, bocabajo.

–Bueno, ya está bien... ¿Sabes cuándo me enamoré de ti? Cuando te estaba esperando aquel día en el hotel y te vi en el puente de la calle O'Connell. Resulta irónico que se llame como tú... pero no quise admitir lo que sentía.

–Continúa.

–No todo es culpa mía. Tener una aventura contigo no era suficiente para mí. Decidí romper tus normas una a una porque supuse que era mejor que confesártelo abiertamente. Pensé que te darías cuenta de que lo nuestro no era algo superficial.

Merrow suspiró y le dio un beso en la boca.

–Sigue.

–¿Quieres que te lo cuente de golpe?

–Sí.

–Muy bien. Intenté demostrarte que lo nuestro tenía futuro por el procedimiento de ser encantador con tus amigas y...

–Ah, sí, fue repugnante. Pero mis mosqueteras siempre han tenido debilidad por los hombres guapos –lo interrumpió.

–¿Quieres que te lo cuente? ¿O no?

–Está bien, te dejaré hablar. Y prometo que te recompensaré al final.

–En ese caso, me daré prisa... Como iba diciendo, quería demostrarte mi amor. Lo intentaba cuando nos acostábamos, pero siempre te marchabas; así que decidí convencerte para que te quedaras a pasar las noches en mi casa. De haber podido, te habría ofrecido que viviéramos juntos.

–Menos mal que no lo hiciste. Me habrías asustado.

–Sí, lo sé. Así que decidí marcharme a navegar todo un fin de semana para que me echaras de menos.

–¿Para que te echara de menos? ¡Dijiste que no podías evitarlo! ¡Que lo habías organizado varias semanas antes!

–Te mentí. Fue un truco, pero el tiro me salió por la culata porque te extrañé tanto que decidí presionarte un poco más. Te necesito, Merrow. Te necesito entera, con tu caos y todo. Mi vida sólo es perfecta cuando estoy contigo.

Ella sonrió por su elección de palabras.

–Y yo prefiero perderme contigo que sin ti.

Alex sonrió y la recompensó con otro beso.

–No estás perdida, O'Connell. Y no tienes por qué sentirte perdida... todo lo que me des, te lo devolveré multiplicado. Te lo prometo.

–Te amo, Alex. Pero dime una cosa, ¿ya has terminado de contarme tu historia?

–Bueno, podría decir que sí y cobrar mi recompensa...

–No serviría de nada, porque ahora sé que hay algo más. Pero date prisa.

–Me las arreglé para ir a tu apartamento con in-

153

tención de seguir presionándote, pero tampoco salió bien.

—Eso ya lo sé. Me provocaste una verdadera crisis.

—Pero entonces no lo sabía. Y luego llegó el asunto de nuestras familias... yo pensaba que tu preocupación se debía a eso y no me di cuenta de que el problema era otro —afirmó—. Sin embargo, quiero que sepas una cosa: no permitiré que nada ni nadie se interponga entre nosotros. Ni siquiera nuestros padres.

—Lo sé, Alex; pero vete preparando, porque su relación puede ser explosiva.

—Pues los encerraremos en una habitación para que se peleen a gusto. ¿Por dónde iba? Ah, sí... estaba a punto de hablar de la fiesta en la mansión de los Fitzgerald. Encajas muy bien en ella, por cierto.

—Me gustó mucho —le confesó.

—Y serías una Fitzgerald maravillosa.

—¿Me estás pidiendo que me case contigo, Alex?

—Sabías que te lo iba a pedir desde el día que te conté lo de la placa de la empresa.

—Sí, pero me pareció demasiado bonito para ser cierto.

Alex la abrazó y apoyó la frente contra su cabeza.

—Si me hubieras dicho eso entonces, nos habríamos ahorrado muchos disgustos...

—Pero también nos habríamos perdido lo de la cabaña.

—¿Cuando te pusiste a llorar y te fuiste? Habría preferido perdérmelo. Cuando vi tus lágrimas, se me partió el corazón.

—¿Y por qué crees que lloraba? Lo nuestro era tan intenso que no sabía qué hacer. Necesitaba un poco de tiempo y de espacio para pensar, para asumirlo... siempre he sido así. Cuando algo me afecta demasiado, necesito estar sola. Supongo que es un defecto, pero te empeñaste en presionarme y empeoraste la situación. Y luego me dejaste...

–Yo no te dejaría nunca, O'Connell. Puede que discuta contigo y que de vez en cuando desee estrangularte, pero jamás te dejaría. Si no hubieras venido a verme, te habría odiado durante una temporada y luego me habría rendido y te habría buscado otra vez. Lo sabes de sobra.

La cara de Merrow se iluminó.

–Sí, lo sé.

–Te amo, O'Connell, te amaré hasta el día en que me muera. Pero eso es todo, no tengo más secretos. Y estoy dispuesto a recibir mi recompensa.

Merrow le puso un dedo en los labios y dijo:

–Bueno, aún queda un secreto más.

Alex arqueó una ceja.

–Pero éste es un secreto de verdad. No lo conoce nadie, ni mis mosqueteras.

–Empiezas a asustarme...

Ella sonrió.

–Cuando te dejé en Galway, estuve llorando durante una semana. No se lo dije a ninguna de mis amigas porque se habrían empeñado en saber por qué. Y en aquel momento, no lo sabía.

–¿Y ahora lo sabes?

–Sí, ahora lo sé –contestó–. Creo que cuando te miré a los ojos por primera vez, supe que algún día me enamoraría de ti. No sé cómo lo supe, pero lo supe. Te miré y me di cuenta de que aquello no era una relación de una sola noche, sino el principio de algo importante.

Merrow se detuvo un momento antes de continuar.

–Lo sé, lo sé, suena estúpido... pero después me sentí tan vacía que rompí a llorar y no dejé de llorar hasta que me quedé dormida. Fue como si hubiera perdido a un ser querido. ¿Cómo se lo iba a contar a nadie?

Alex frunció el ceño.

–Estás temblando...

–Sí, es patético, ¿verdad? Siempre me pongo a temblar cuando pienso en ese día.

Alex la abrazó y la meció suavemente para tranquilizarla.

–Entonces, hagamos que te sientas mejor.

–Me parece perfecto.

Merrow cerró las piernas alrededor de su cintura y él la llevó en esa posición, sin soltarla, hacia el dormitorio.

–¿Sabes que cuando me case contigo y me convierta en una Fitzgerald ya no podrás llamarme O'-Connell?

–Siempre serás mi O'Connell –murmuró contra su cuello–. Incluso cuando seas una Fitzgerald.

Merrow echó la cabeza hacia atrás, lo miró a los ojos y sonrió.

–En su momento me asustó bastante; pero ahora que te has convertido en mi Fitzgerald particular, me gusta. De hecho, es perfecto –confesó–. Pero prométeme una cosa.

–Pídeme lo que quieras. Te amo.

–Yo también te amo, Alex.

–¿Y qué quieres que te prometa?

–Que nos fugaremos.

Deseo™

Por fin suyo

EMILIE ROSE

En el acelerado y competitivo mundo de la industria del cine de Hollywood, Max Hudson era el mejor. Siempre trabajando a contrarreloj, jamás dejaba que nadie se interpusiera en su camino cuando se trataba de cumplir plazos de entrega; ni siquiera su fiel asistente, Dana Fallon.

Sus tentadoras curvas hacían estragos en la cabeza de Max y en su libido, pero su repentina dimisión estaba a punto de desatar el caos en Hudson Pictures y el dinero no parecía ser suficiente para hacer que cambiara de opinión.

Sin embargo, Max contaba con otras formas de persuasión…

Luces, cámara… ¡acción!

Acepte 2 de nuestras mejores novelas de amor GRATIS

¡Y reciba un regalo sorpresa!

Oferta especial de tiempo limitado

Rellene el cupón y envíelo a

Harlequin Reader Service®
3010 Walden Ave.
P.O. Box 1867
Buffalo, N.Y. 14240-1867

¡Si! Por favor, envíenme 2 novelas de amor de Harlequin (1 Bianca® y 1 Deseo®) gratis, más el regalo sorpresa. Luego remítanme 4 novelas nuevas todos los meses, las cuales recibiré mucho antes de que aparezcan en librerías, y factúrenme al bajo precio de $3,24 cada una, más $0,25 por envío e impuesto de ventas, si corresponde*. Este es el precio total, y es un ahorro de casi el 20% sobre el precio de portada. !Una oferta excelente! Entiendo que el hecho de aceptar estos libros y el regalo no me obliga en forma alguna a la compra de libros adicionales. Y también que puedo devolver cualquier envío y cancelar en cualquier momento. Aún si decido no comprar ningún otro libro de Harlequin, los 2 libros gratis y el regalo sorpresa son míos para siempre.

416 LBN DU7N

Nombre y apellido	(Por favor, letra de molde)
Dirección	Apartamento No.
Ciudad	Estado	Zona postal

Esta oferta se limita a un pedido por hogar y no está disponible para los subscriptores actuales de Deseo® y Bianca®.
*Los términos y precios quedan sujetos a cambios sin aviso previo.
Impuestos de ventas aplican en N.Y.

SPN-03   ©2003 Harlequin Enterprises Limited

Bianca

De reina de la alta sociedad a... ¡a querida contra su voluntad!

Apenas unas horas antes, ella era una absoluta desconocida.

Ahora Damon Savakis sabe quién es ella realmente, Callie Lemonis, la reina de la alta sociedad y sobrina de su mayor enemigo...

Cuando el avaricioso tío de Callie pierde el dinero de los Lemonis, ¡ella queda a merced de Damon y se ve obligada a ser su querida! Pero Damon no está preparado para su valentía, su aplomo y pureza en un mundo lleno de avaricia...

Deseo en la isla

Annie West

Deseo™

Aventura de escándalo

JENNIFER LEWIS

La joven viuda Samantha Hardcastle
estaba intentando encontrar a un hijo
de su difunto marido y presentarlo a
la familia. Sin embargo, Louis DuLac
no respondía a sus llamadas ni a sus
cartas ni estaba en casa cuando fue a
buscarlo a Nueva Orleans.

Completamente sola, Samantha su-
cumbió a los encantos de un guapísi-
mo joven que... resultó ser el mismí-
simo Louis.

Él nunca supo quién fue su padre y
ahora una atractiva mujer quería que
se hiciera las pruebas de ADN para
ver si era hijo de Tarrant Hardcastle.
Por él, no había ningún problema...
siempre y cuando Samantha accedie-
ra a pasar otra noche con él.

La pasión más prohibida del mundo